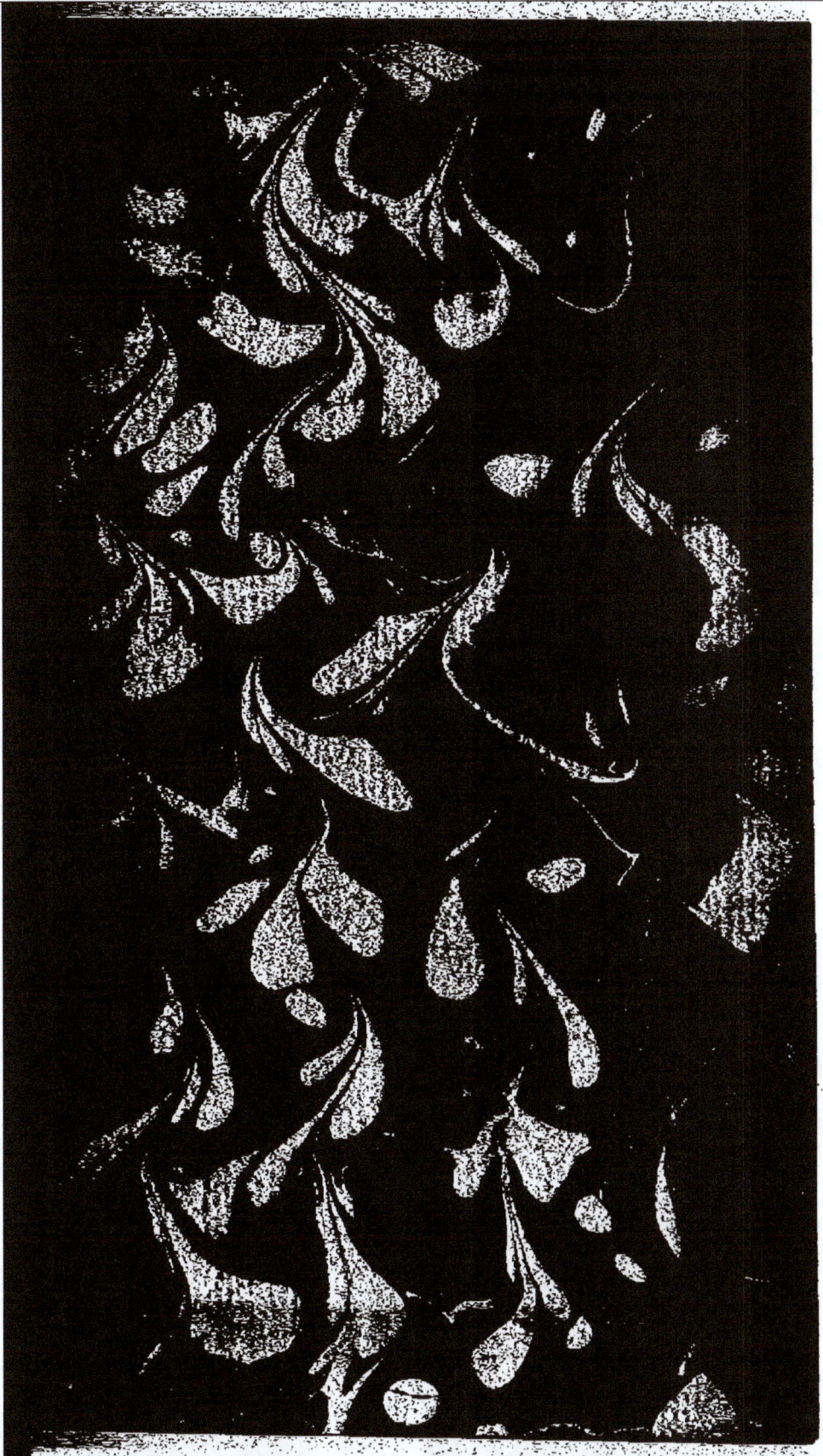

12679.

B. S.

LES CONTES

ET

FABLES INDIENNES,

DE BIDPAÏ ET DE LOKMAN.

TRADUITES

D'Ali Tchelebi - Ben - Saleh ,
Auteur Turc.

OEUVRE POSTHUME.

Par M. GALLAND.

SECONDE PARTIE.

A PARIS,

Chez G. CAVELIER, Fils, ruë S. Jacques,
prés la Fontaine Saint Severin,
au Lys d'Or.

M. DCC. XXIV.

Avec Approbation & Privilege du Roy.

LES CONTES
ET
FABLES
INDIENNES,
De Bidpaï & de Lokman.

Traduites d'Ali Tchelebi-ben-Saleh, Auteur Turc.

SECONDE PARTIE.

LE fourbe Demneh vouloit que son absence de la cour du lion pût servir à ce qu'il méditoit; lorsqu'il crut qu'il y

A

avoit allez longtemps qu'il ne
paroiſſoit pas, il ſe rendit au palais, & il affecta de demeurer
parmi la foule des courtiſans. Le
lion qui l'apperçut le fit approcher, & ſe plaignit de ſa negligence, en lui diſant qu'il avoit
tort d'avoir été tant de temps
ſans ſe faire voir. Demneh répondit ſeulement par des ſou-
haits pour ſa ſanté, & pour la
proſperité de ſon regne. Il me
paroît, dit le lion, que tu es
triſte & affligé: Peut-on ſçavoir
de toi ce qui en eſt la cauſe?

Sire, répondit l'artificieux
Demneh, l'on n'eſt pas maître
d'empêcher que les chagrins que
l'on a ne paroiſſent à l'exterieur;
mais il y en a dont les cauſes ne
doivent pas être expoſées publi-
quement. Le lion connut à ces
paroles que Demneh vouloit lui

parler en particulier, il fit retirer les animaux qui étoient pré-
fens, & il le retint feul auprès
de lui : Je vois, lui dit-il, que tu
as quelqu'avis de confequence à
me communiquer , & j'ai à me
plaindre de ton retardement a-
près la connoiffance que j'ai de la
part que tu prens à mes interêts.
Dis-moi promptement ce qu'il y
a ? La remife d'un feul jour, en
quelqu'affaire que ce ce foit ,
peut caufer de grands malheurs.
Parle, & ne differe pas davantage à me découvrir ce que je
fouhaite d'apprendre.

Demneh fut ravi de voir le
lion dans ce fentiment, & dans
cette impatience : Sire, dit-il,
lorfque l'on a une méchante nouvelle à annoncer à celui qui a
intereft de l'apprendre , on ne

fçauroit fe munir de trop de précautions, parce qu'il n'eft pas à
propos de réveler inconfideré-
ment, ce qui ne doit pas être
écouté avec plaifir. L'intereffé
doit auffi connoître parfaitement
celui qui a un femblable rapport
à lui faire, & difcerner s'il le fait
avec bonne intention, s'il en pré-
voit la fuite, & fi ce n'eft pas un
perturbateur ou un calomniateur. Mais votre Majefté, Sire,
doit être perfuadée que l'unique
but que je me propofe, eft de
lui donner des marques de ma
reconnoiffance pour toutes les
faveurs dont elle m'a comblé; &
j'efpere qu'elle m'entendra avec
patience, particulierement en
ce qui regarde fes interefts les
plus importans, & ne doutera
pas de ma fincerité non plus que
de ma fidélité.

Tu fçais, reprit le lion, qu'il n'y a pas un Roy au monde, qui ait une plus grande réputation que moi, d'être fage & prudent, & que perfonne de tous ceux qui ont le même caractere que je porte, ne donne audience avec plus de bonté que je la donne à ceux qui s'adreffent à moi. Tu peux donc fans autre préparation me déclarer avec confiance tout ce que tu voudras.

Sire, repliqua Demneh, j'ai voulu prendre cette affurance de votre Majefté, en lui demandant permiffion de lui parler librement, parce que je fais un grand fondement fur fa pénétration, & fur les profondes connoiffances qu'elle a, telles que tous les Rois devroient les avoir. Je fuis fon fujet, & en cette qualité je ne lui dirai rien

A iij

qui ne foit trés-veritable & trés-
fincere, & je la fupplie de croire que je n'y mêlerai rien qui
doive lui donner le moindre
foupçon contre moi, & que ma
fincerité eft auffi claire & auffi
manifefte que le foleil au milieu
du ciel.

Oui, je te le dis encore, lui
repeta le lion, je fuis perfuadé
de ta bonne-foi & de ta capacité, & je fuis prêt de recevoir
tes confeils de bonne part, comme je les ai toûjours reçus.

Demneh après avoir prévenu
le lion par ces artifices & par ces
déguifemens : Sire, lui dit-il encore, il eft certain que la confervation de tous les animaux dépend de la continuation de la
vie de votre majefté, & c'eft
pour cela que fes fujets les mieux
intentionnez doivent lui dire la

verité, & l'aider de leurs bons
conseils en tout ce qui la regarde. Pour cette raison, les Sages
remarquent que celui qui cache
la verité à son Prince, sa maladie à son medecin, & sa pauvreté à ses amis, se rend coupable
& digne de mort.

J'ai éprouvé plus d'une fois,
dit encore le lion à Demneh, ta
foi, ta sincerité & ton zele, &
j'ai eu des témoignages de ta
droiture en plusieurs rencontres.
Dis-moi, sans plus hesiter, ce
que tu as à me communiquer,
afin que je voye les mesures que
j'aurai à prendre lorsque j'en
serai informé.

Demneh persuadé que le lion
étoit disposé à l'entendre, comme il le souhaitoit, s'expliqua
enfin sur la calomnie qu'il avoit
inventée contre Choutourbeh,

& lui dit avec effronterie : Sire, la victoire soit inséparable de la durée de votre regne. Je me sens obligé de donner avis à votre Majesté qu'elle a un ennemi fort voisin & même domestique. Mais, Sire, l'ennemi n'est pas extrêmement redoutable, c'est de Choutcurbeh que j'entens parler. Je sçai qu'il a eu des conferences secrettes avec des Generaux de vos armées, & avec quelques-uns de vos ministres. J'ai, leur a t-il dit, éprouvé le lion, j'ai examiné sa force, son esprit & sa conduite. J'ai remarqué en tout cela beaucoup de foiblesse. Ce n'est pas ce que je m'en étois imaginé, ni rien qui en approche, & je m'étois formé là dessus un songe sans fondement. Sire, continua Demneh, mon sentiment est que votre Ma-

jesté a passé les bornes dans les
honneurs dont elle a comblé cet
ingrat, en l'associant, pour ainsi
dire, à l'autorité Royale, par
l'abandon qu'elle lui a fait de
l'administration de toutes choses, & que le trop de considera-
tio qu'elle a pour lui le porte à
la rebellion. C'est où l'on vient
naturellement, quand on a de
l'ambition, dès que l'on se voit
en quelque maniere le comman-
dement absolu en main, & que
l'on est arbitre également des
affaires secretes & des affaires
generales. C'est, comme dit un
habile Politique, un grand miracle s'il n'aspire à la puissance
souveraine, & ne fait perir celui
qui lui fait obstacle.

Le lion fut émû par ce discours : Demneh, dit-il, ce que
tu viens de me déclarer me sur-

prénd. Comment as tu découvert cette malignité de Choutourbeh, qui tend à une conspiration? Qui te l'a apprise? Si la chose est comme tu la racontes, quel remede pourroit - on y apporter?

Demneh répondit assez legerement sur les premieres demandes, assez neanmoins pour trouver de la creance dans l'esprit du lion, déja occupé d'un mal imaginaire qu'on lui faisoit craindre; il s'arrêta particulierement sur la derniere: Votre Majesté, poursuivit il, ne manque pas de lumieres pour remedier à un semblable desordre. Lorsqu'un Ministre est dans une situation si avantageuse, qu'il est si riche, si puissant & environné d'une cour si nombreuse & si éclatante, que rien ne le distingue plus

d'avec le souverain, elle n'ignore
pas que le devoir d'un Monarque est non-seulement de l'éloigner de sa présence ; mais même
de le détruire, & de le faire
perir absolument. S'il ne le fait
pas, il court risque lui-même de
perdre ses Etats, & de les voir
passer en d'autres mains. Dans
la necessité pressante où se trouve votre Majesté, je n'ai pas la
capacité ni la présomption de lui
prescrire les mesures qu'elle doit
prendre. Elle connoît beaucoup
mieux que moi les moyens de
prendre les précautions les plus
convenables. Ce que je puis
entrevoir, c'est qu'elle doit songer à se défaire incessamment
de Choutourbeh ; le retardement de l'execution feroit que
dans la suite elle pourroit être
dans l'impuissance d'y réussir. Ce

n'eſt préſenrement qu'un jeune
ſerpent, dont il faut écraſer la
tête, afin de ne pas lui donner
le temps de devenir dragon. En
ce monde, les uns ne ſont propres à rien, & les autres ſont
capables de toutes ſortes d'entre-
priſes. Les premiers ne prennent
pas d'intereſt à ce qui ſe paſſe dans
le cours des affaires, & ils vivent
ſans ſoin de même que ſans chagrin. Les derniers ont de l'eſprit & de l'entendement, & ſont
prompts à prévoir les évenemens
de chaque choſe, & l'on peut
les conſiderer en deux manieres,
les uns comme partagez d'aſſez
de vivacité d'eſprit, pour prévoir les dangers longtemps avant
qu'ils y ſoient expoſez, & les autres, pour les appercevoir ſeulement, peu de temps avant qu'ils
arrivent. Ceux-là ſe mettent à

couvert de bonne heure pour ne pas être furpris, & ceux-cy à la préfence du danger, ne donnent aucun accès à l'épouvante. Voilà trois fortes de génies fur lefquels il faut bien faire réflexion. Les uns fons parfaitement éclairez, les feconds à demi éclairez, & les autres ignorans ou infenfez. Nous en avons un exemple en trois poiffons qui avoient chacun une de ces trois qualitez, & qui vivoient enfemble en un même étang. Le lion témoigna de la curiofité d'en apprendre les particularitez, & Demneh lui en fit le récit.

LES
TROIS POISSONS
ET
LES PESCHEURS.
FABLE.

TROIS poiſſons ſe trou-
voient dans un étang de
fort belle eau, éloigné des grands
chemins, près d'une riviere.
L'un avoit parfaitement de l'eſprit, le ſecond en avoit médio-
crement, & le troiſieme en étoit
entierement dépourvû. Des pêcheurs qui paſſoient le long de
l'étang les remarquerent par hazard, & comme ils étoient d'u-
ne groſſeur extraordinaire cha-

cun pour leur espece, ils résolu-
rent de venir en faire la pêche
le lendemain, ils le dirent même
entre eux si hautement, que les
poissons les entendirent. Celui
qui avoit le plus de pénétration,
apperçut d'une seule vûe le
danger où il étoit exposé, & prit
d'abord le parti de se sauver, en
s'évadant par la communication
de l'étang avec la riviere, sans
consulter ses compagnons sur ce
qu'il avoit à faire.

Les pêcheurs arriverent le
lendemain de grand matin, &
boucherent d'abord deux endroits qui avoient communication avec la riviere. Le poisson
qui avoit de l'esprit, mais qui
manquoit d'experience necessaire pour s'en servir, se repentit
de sa negligence, lorsqu'il vit
que le danger étoit inévitable.

Mon malheur, dit-il, est extreme, d'avoir eu si peu de prévoyance. Je devois me délivrer de l'embarras où me voilà tombé, & suivre l'exemple de mon camarade, qui se sauva dés hier. J'eusse sauvé ma vie comme lui. Que n'ais-je remedié à cette disgrace avant qu'elle arrivât ? Helas ! Quel remede apporter à ce coup fatal ? J'en ai laissé passer le moment favorable. Puisque l'occasion est perdue, il faut neanmoins recourir à la ruse. Je sçay que les plus éclairez prétendent qu'il n'y a plus de conseil à prendre, lorsque le mal est présent, & que toutes les finesses ne servent plus de rien. Nonobstant cela je ne perdrai pas courage, & je veux tenter la fortune. En achevant ce raisonnement, il s'éleva au dessus de l'eau & fit le mort.

mort. Un des pêcheurs qui le vit
en cet état, & crut qu'il étoit mort
veritablement , peut-être il y
avoit déja longtemps, le prit & le
jetta sur l'herbe. Alors le poisson
ayant attendu que les pêcheurs
se fussent retirez, fit tant de sauts
en avançant vers la riviere,
qu'il s'élança dedans & se sauva ;
joyeux d'avoir profité si heureu-
sement de la maxime d'un Sage
qui a dit que pour se mettre en
liberté il falloit quelquefois mourir. Le troisiéme poisson insensé
& sans prévoyance , fit mille
tours de côté & d'autres, sans
sçavoir ce qu'il faisoit dans la
frayeur où il étoit. Tantôt il se
plongeoit jusqu'au fond de l'eau,
tantôt il revenoit au dessus. A-
prés avoir fait longtemps ce ma-
nege en étourdy, il s'embarassa
enfin , dans les filets des pê-

B

cheurs, & fut pris. Cet exemple, ajouta Demneh, doit faire
connoître à votre Majesté que
pour sa conservation & pour son
repos, elle doit se hâter de ravir
la vie à Choutourbeh, & d'ôter
le perfide de ce monde. Elle doit
le faire sans differer, elle en a
le pouvoir.

Je comprens tout ce que tu
viens de me dire, repartit le lion;
mais je ne puis me persuader que
Choutourbeh ait aucune pensée
de rébellion, & veuille manquer
de reconnoissance aprés tous les
bienfaits qu'il a reçûs de moi. Je
ne lui ai fait que du bien, & il
est comblé de témoignages de
ma bien-veillance.

Il est vrai, Sire, reprit Demneh; mais toutes ces faveurs ont
contribué à le rendre plus méchant, & l'engager dans l'esprit

de révolte. Il eſt de lui, de même que de ces plaïes malignes, qui ne guériſſent jamais pour toutes les ſortes de remedes que l'on y applique. Il eſt de ces ſortes de malhonnêtes gens qui ne témoignent du zele & de l'affection, qu'autant de temps qu'ils eſperent d'arriver au degré qu'ils ſe ſont propoſez ; mais qui aſpirent à des choſes qui ne leur conviennent pas, dés qu'ils ſont en poſſeſſion de ce qu'ils ſouhaitoient. Les Politiques diſent fort à propos ſur ce ſujet, que ceux qui ont l'ame baſſe & vile, ſervent toujours entre la crainte & l'eſperance ; mais dés qu'ils ne voyent plus rien à craindre, & qu'ils ſe croyent bien appuyez qu'ils cherchent à troubler tout, & à faire éclater leur ingratitude.

Demneh, demanda le lion, comment crois-tu qu'il faudroit se prendre, pour empêcher que ces sortes de gens ne devinssent ingrats ou rebelles?

Sire, répondit Demneh, le Prince au service duquel ils sont, ne doit pas les regarder avec si peu de consideration, ni les priver tellement de ses bienfaits, qu'ils entrent dans le désespoir, & qu'ils aillent se jetter dans le parti de l'ennemi. D'un autre côté, il ne doit pas aussi les en combler avec tant de profusion, que la grandeur, le faste & l'ambition, les excitent à le méconnoître, à perdre le respect, & à prendre les armes contre leur souverain. Il faut que le Prince soit dans la réserve, & que le Ministre, dans l'attente continuelle de la récompense, soit

dans un équilibre parfait entre
la crainte & l'esperance. En voici la raison. C'est que le trop de
confiance engendre l'orgueil, &
l'orgueil la rebellion & l'ingratitude, & que le desespoir donne
de l'audace, qui renverse les
Empires les mieux affermis. Le
désespoir, dit un Poëte, est au-
dacieux, & se déchaîne en injures & entreprend toutes choses.
Ami, prens garde de ne me pas
réduire à cette extremité.

Non, reprit le lion, je ne puis
pas regarder Choutourbeh comme coupable ; il m'a toujours
parû qu'il avoit le cœur trés-é-
loigné d'une méchanceté si noire. Il n'a pas l'intention dereglée
comme tu le prétens ; j'ai eu
pour lui jusques à présent toute
la consideration possible, & je
lui ai fait plus de bien que je

n'en ai jamais fait à aucun de
mes Miniſtres ; cheri , aimé ,
conſideré & chargé ſans ceſſe
de bienfaits , comment ſe pour-
roit-il faire qu'il eût conçû la
penſée de révolte , & de me faire
du mal ? Je ne puis croire que
tout ce que tu viens de me dire
ait aucun fondement.

Pour ſoutenir ce que Demneh
avoit avancé , je répondrai à votre Majeſté , dit il , qu'elle n'i-
gnore pas qu'une méchante con-
ſtitution ne peut ſe changer en
une parfaite ſanté , & que des
mœurs perverſes & corrompues,
ne peuvent ſe transformer en des
mœurs louables & irréprocha-
bles. Toutes choſes retournent
à leur premier principe , & l'on
ne peut tirer d'un vaſe, que ce
qui ſ'y trouve A ce propos , je
ſupplie votre Majeſté de me per-

mettre de lui faire l'histoire d'un scorpion & d'une tortue dont je ne crois pas qu'elle ait entendu parler. Le lion lui dit qu'il l'écouteroit avec plaisir.

LA TORTUE

ET

LE SCORPION.

FABLE.

UNE tortue & un scorpion, continua Demneh, avoient lié ensemble une amitié si étroite qu'ils étoient inséparables, & & qu'ils se donnoient continuellement des témoignages d'une affection réciproque, la plus tendre qu'on puisse imaginer, une necessité pressante les con-

traignit d'abandonner le lieu de
leur réſidence, ils partirent de
compagnie, & ſe retirerent ailleurs. En leur chemin ils rencontrerent une riviere large &
profonde qu'il falloit paſſer; cela troubla le ſcorpion. La tortue
s'en apperçut: Cher ami, lui dit-
elle, il me ſemble que la vûe de
cette riviere vous embaraſſe,
d'où vient que cela vous donne
du chagrin? C'eſt, répondit le
ſcorpion, que je ne ſçai point
nager, & que ſi nous avons à la
paſſer, je ne pourrai ſouffrir notre ſéparation ſans douleur.

Que cela ne vous chagrine
pas, repartit la tortue, mon dos
vous ſervira de barque, & je
vous paſſerai à l'autre bord,
non ſeulement ſans peine, mais
même avec plaiſir. Raſſurez-
vous donc, vous arriverez de
l'autre

l'autre côté faint & fauf. Je fuis
du fentiment de ceux qui con-
noiffent bien la nature de l'amitié, & qui difent que la raifon
ne veut pas que l'on abandonne
à la moindre occafion, un ami
que l'on a eu beaucoup de peine
à acquerir; qu'il faut au contraire le conferver prétieufement par
tous les moyens imaginables. Elle prit donc le fcorpion fur fon
dos, & fe mit à traverfer la riviere à la nage.

Comme la tortue avançoit,
fes oreilles furent frappées d'un
bruit importun, caufé par le
fcorpion, elle lui demanda: Mon
frere, quel eft le bruit que j'entens? A quoi vous occupez-vous
là? Ma fœur, reprit le fcorpion,
j'éprouve la pointe de mon aiguillon fur l'écaille dont vous
êtes cuiraffée, & je voudrois

voir si je pourrois la percer. Vous
êtes un malhonnête, reprit la
tortue; je souffre & vous êtes à
votre aise, & je vous prête mon
dos pour servir de pont, & cependant que je travaille à votre
conservation en fendant l'eau,
vous cherchez à me donner la
mort. Est-ce-là l'action d'un amy
veritable; non, c'est une perfidie épouvantable & digne de
châtiment, je sçais bien que
vous pourrez me dire que vous
ne me faite point de mal, mais
quelle obligation? Ne faites vous
pas tout ce qui est en votre pouvoir pour m'en faire, & si mon
écaille n'étoit pas impénetrable à
votre aiguillon & au venin qu'il
renferme, n'aurois-je pas déja
éprouvé toute la malignité de
votre intention? Que jugeroit-
on de celui qui donneroit des
coups de poing contre un mur?

Ne seroit on pas bien fondé, de
croire qu'il brûleroit d'envie de
l'abattre ?

Jamais, repartit le scorpion,
un dessein semblable à celui que
vous vous imaginez ne m'est venu dans l'esprit. Dieu m'en pré-
serve. C'est mon naturel de fraper de mon aiguillon , & j'en
frape les pierres, & toute autre
chose, comme j'en frape votre
dos. Mais mon intention n'est
pas de faire du mal, & si j'en
fais c'est contre ma volonté.

Ce discours fit faire de grandes
réflexions à la tortue : A voir
de l'honnêté , dit-elle en elle-
même , & de la considera-
tion pour les méchans, & pour
les malhonnêtes gens, c'est cultiver une épine & nourrir un serpent dans son sein ; quelque soin
que l'on apporte à la culture de

la colloquinte, jamais elle n'a la
douceur de la canne de sucre,
& toutes les épines ne portent
pas des roses. Les Sages ne se
font pas trompez, quand ils ont
dit que les méchans naturellement méchans, ne font jamais
rien de bon, & qu'un serviteur
enclin à mal faire, ne sort du
monde qu'après avoir payé son
maître d'ingratitude. C'est enfin se jetter soi-même de la pous-
sière aux yeux, d'esperer que
des esprits si pervers fassent jamais rien de bien. En même
temps elle se plongea dans l'eau
& le scorpion y resta & se noya, &
elle crut avoir fait une bonne action de lui avoir ôté le moyen de
jamais faire mal à personne.

Cet exemple, continua Demneh, peut déterminer votre majesté à faire une réflexion sé-
rieuse sur l'inutilité des services

de Choutourbeh, de même que
fur toutes les méchantes qualitez
qui doivent le lui rendre fuſpect
& méprifable, & enfuite à écouter les confeils de ceux qui font
profeſſion de les lui donner fince-
rement, & qui s'intereſſent en
tout ce qui le regarde. Elle fe
repentiroit de ne l'avoir pas fait,
femblable en cela à un malade, qui pour avoir negligé &
méprifé les ordres de fon medecin, en mangeant & bûvant à
fon appetit, perd à la fin toutes
fes forces, & fe voit en danger
de mourir. Lorfque l'on donne
confeil dans le même efprit que
j'ay l'honneur d'en ufer préfentement envers votre Majeſté,
l'on ne craint rien en difant librement fon fentiment. Si l'on a
le chagrin de s'être expliqué
inutilement, au moins avec la

C iij

patience & le temps , on a la
consolation de voir par le succès
que l'on avoit raison. On ne
peut pas reprocher à votre Majesté le défaut de lumiere en
tout ce qui est de son devoir.
Elle sçait très bien que les Rois
les plus à plaindre sont ceux qui
ne prévoient pas de loin , les
suites fâcheuses de certaines affaires ; qui regardent avec mépris les choses qui leur sont de
la plus grande importance , &
qui, lorsqu'il s'agit de diligence
pour remédier à quelque desordre , se laissent conduire par les
conseils pernicieux de leurs Ministres peu intelligens , & deviennent les victimes des fausses
démarches qu'ils leur ont fait
faire. Un Sage parle aux Monarques , & leur dit : Pourquoi
vous déchargez-vous sur un autre d'un soin qui vous regarde ?

Pourquoi imputez-vous à d'autres la faute que vous faites
vous même ?

Demneh eut pouffé ce dif-
cours plus loin ; mais le lion l'interrompit : Tu parles d'un ton
un peu trop haut, lui dit-il, tu
paffes même les bornes du refpect que tu me dois ; comme cependant je t'ai donné la permiffion de me parler librement, je
veux bien ne te rien dire de plus
fâcheux. Mais, comme tu le prétens, fuppofons que Choutourbeh foit mon ennemi déclaré,
dequoi eft-il capable ? Quel rif-
que puis-je courir ? Arrive ce
qui pourra, j'en ferai un bon
repas. Il vit d'herbe, & tous les
animaux de pâturages, jufques
aux cerfs dont la chair eft fi délicate, ne font faits que pour
me fervir de nourriture, à moi

& autres semblables animaux
qui vivons de carnage. Qu'il soit
robuste & vaillant autant qu'on
le voudra, peut-il seulement a-
voir la pensée de m'attaquer ?
Il succomberoit sous les efforts
de ma valeur, s'il osoit l'entreprendre.

Votre Majesté, reprit Demneh, me permettra de lui dire,
qu'elle ne doit pas présumer
qu'elle feroit un bon repas de
Choutourbeh, ni préferer ses
forces aux siennes. S'il n'est pas
en état de l'attaquer seul à seul,
qu'elle considere dequoi il peut
être capable, à la tête d'une armée qu'il peut assembler. Je sçai
aussi de bonne part que c'est un
grand magicien, qui n'excelle
pas moins dans son art dangereux que les fameux Sam & Sa-
meri. Il est encore à craindre

que les animaux qui veulent du
mal à votre Majesté, ne se joi-
gnent à lui. Un seul, aussi vaillant qu'il soit, ne peut tenir tête
à tant de monde : Si fort, si gros
& si puissant que soit un éléphant, un moucheron, nonobstant sa petitesse, le renverse,
& plusieurs fourmis ensemble,
mettent un lion dans un grand
embarras, lorsqu'elles se jettent
sur sa peau.

Je veux croire, repartit le
lion, que tu me parles avec bonne intention, & que c'est par
une affection non dissimulée que
tu me presses si vivement. Mais
une chose me fait de la peine,
pour en venir à l'execution ;
lorsque j'ai donné accés à Choutourbeh auprés de ma personne,
je lui ai donné en même temps
mon estime. Je l'ai élevé au plus

haut degré où il pouvoit aspirer,
& en l'élevant à la face de mon
conseil, j'ai fait connoître que
je lui avois donné mon cœur,
& que je le tenois pour le plus
sage, le plus fidelle, & le plus
affectionné de tous. Présentement, si par une action contraire
à tous ces égards que j'ai eus
pour lui, je détruisois tout ce
que j'ai fait, mes sujets auroient
sujet de murmurer de ce que
j'aurois manqué à ma parole, &
de m'accuser de legereté. Un
souverain doit être réduit à de
grandes extremitez, avant de
détruire l'ouvrage de ses propres mains.

De ce discours de votre Majesté, repliqua Demneh, l'on
doit tirer cette consequence,
qu'il ne faut pas hesiter de se
separer d'un ami, au moment

que l'on s'apperçoit que d'ami il
eſt devenu ennemi. De telle
utilité qu'une dent ait été, l'on
ne fait pas difficulté de l'arra-
cher dès qu'elle eſt gâtée, ſans
avoir égard à la liaiſon étroite
qu'elle a eue avec le corps. C'eſt
auſſi pour la même raiſon que
l'on ſe prive des viandes, lorſqu'elles cauſent des humeurs
corrompues, quoiqu'auparavant
elles ayent contribué à la vie.

Le lion ſe rendit enfin aux in-
ſtances du vindicatif Demneh :
Eh bien, dit-il, c'en eſt fait, je
renonce abſolument à l'amitié
que j'ai eue pour Choutourbeh,
je ne le verrai plus en aucune
manière, & je ſuis d'avis d'envoyer un de mes ſeigneurs, pour
lui en faire la déclaration, & lui
ſignifier, qu'il peut ſe retirer où
bon lui ſemblera.

Demneh ne s'accommoda pas
de cette résolution du lion, il
craignit, s'il l'executoit, que
Choutourbeh n'apprît ce qui se
seroit passé, & qu'ensuite il ne
publiât de quelle part son malheur seroit venu & ne découvrît
en même temps la calomnie &
le calomniateur. Pour l'en détourner : Sire, reprit-il, je re-
présenterai à votre Majesté, que
ce qu'elle se propose n'est pas
conforme aux regles. L'on a toûjours la liberté de faire ce que
l'on veut sur une affaire que l'on
tient cachée; mais on ne l'a plus
dès qu'elle est divulguée. L'on
est maître de dire ce que l'on n'a
pas encore dit, mais on ne peut
plus cacher ce que l'on a dit une
fois. Une parole lâchée ne re-
tourne plus à la bouche, ni une
fleche tirée à la corde de l'arc.

Un oiseau hors de la cage ne se
reprend plus, quelque ruse que
l'on emploïe pour y parvenir. Les
Perses, par un de leurs proverbes,
marquent que ce que la langue
a une fois prononcé, est nud &
à découvert. La langue, selon
les Sages, est l'interprete du
cœur, & le cœur est souverain
dans l'Empire du corps. La parole est la chose la plus prétieuse
que le sein renferme, & c'est
un préservatif pour la vie, tant
qu'elle ne sort pas de la bouche;
mais dés qu'elle en est échapée,
il est fort incertain si elle réjoui-
ra le cœur, si elle fortifiera le
cerveau, ou si elle ne causera
pas des maux de tête, ou d'autres plus dangereux. En effet,
l'on a vu souvent par experience
un mot lâché lorsqu'il falloit a-
voir la bouche fermée, causer

mille défordres , & que d'élo-
quens perfonnages fe font attiré
de trés méchantes affaires, pour
avoir parlé mal-à-propos. De
plus, à confider la parole par la
lumiere de la fageffe, l'on trou-
vera que fi l'éloquence a de
grands avantages, elle eft auffi
expofée à de grands inconve-
niens. Ce feroit peu de chofe, fi
l'on ne s'engageoit qu'à des inquiétudes, en parlant à contre-
temps , l'on y engage même fa
vie. Quoiqu'il en foit, ce qui
marque le danger où l'on s'ex-
pofe en parlant, c'eft que la parole eft au vent dés que la langue a fait fa fonction. Si cela eft,
Sire, dés que Choutourbeh aura
appris ce que votre Majefté pré-
tend lui faire fçavoir, il em-
ployera peut-être fon éloquence
à pervertir les feigneurs de vo-

tre cour , & se mettre à leur tête
contre votre personne , ou pour
le moins , il suscitera quelque
grande sedition. Les Politiques
bien éclairez ne punissent pas se-
cretement les crimes manifestes ,
mais aussi ils ne punissent pas les
crimes cachez en public. Comme
la rebellion de Choutourbeh
n'est pas publique , il suffit de
ménager son châtiment d'une
maniere qu'il ne se fasse pas a-
vec éclat , & de longues formalitez.

Mais , objecta le lion , il est
contre la bienseance de faire la
justice par soi-même , & d'aba-
tre à ses pieds un favori sans aucune raison apparente. Les loix &
la prudence même , ne veulent
pas qu'un Roy donne des ordres
en l'air , ou qu'il donne la vie aux
uns , & condamne les autres

à la mort fans forme de procès.

Les souverains, répondit Demneh, n'ont pas befoin de plus fortes preuves, ni d'autres témoignages que de leur fagacité. Lorfqu'un mal intentionné fe préfente devant eux, ils doivent jetter les yeux fur lui fixement, & le bien examiner depuis les pieds jufqu'à la tête. Alors ils ne manquent pas de découvrir leur méchanceté à leur contenance déconcertée. Que votre Majefté en faffe la preuve fur Choutourbeh, elle verra un changement en toute fa perfonne, qu'il regardera à droite & à gauche, devant & derrière, & fe mettra en même temps en état de fe battre.

J'approuve cet expedient, dit le lion, j'examinerai Choutourbeh,

beh , & je ne douterai nulle-
ment de fa perfidie, à la moindre
des marques que tu viens de
m'indiquer.

C'eft ainfi que Demneh ani-
ma le lion contre l'innocent
Choutourbeh , & qu'il le fit réfoudre à le perdre. Mais cela ne
fuffifoit pas, il falloit irriter aufli
Choutourbeh contre le lion.
Comme il ne pouvoit le voir fans
en avoir la permiffion, après ce
qu'il venoit de dire contre lui :
Sire, dit il au lion , fi votre Majefté veut bien me l'ordonner,
j'irai voir Choutourbeh , & je
tâcherai adroitement de pene-
trer plus avant dans fon deffein ,
afin de lui en rendre un compte
fidelle. Il obtint ce qu'il demandoit , & après il alla trouver
Choutourbeh en cachant fous
un vifage trifte , la joie qu'il

avoit en lui-même.

Choutourbeh qui croyoit que
Demneh étoit toûjours de ses a-
mis, & qui n'avoit pas le moindre soupçon de sa trahison, le
reçut avec un visage ouvert, &
lui dit : Il y a si longtemps que
je n'ai eu l'honneur de vous voir,
que je m'imaginois n'estre plus
dans votre souvenir, & que vous
m'aviez mis au rang des morts.
Ce n'est pas ainsi qu'il faut agir
avec ses amis.

En apparence, répondit Demneh, il est vrai que j'ai peché
contre les loix de l'amitié, en ne
vous rendant pas ce devoir que
je vous dois, non seulement en
qualité d'ami, mais même votre
trés-humble serviteur. Je puis
vous assurer neanmoins que je
vous ai toûjours eu présent à
mon esprit, & qu'en cela je me

suis parfaitement bien acquitté
du devoir de notre amitié. Je
n'ai pas auſſi manqué dans ma
retraite de faire des vœux pour
l'augmentation de votre bonheur
& de votre proſperité.

Dites-moi, je vous prie, lui
demanda Choutourbeh, quel
motif vous a obligé d'abandonner le monde, pour vous jetter
dans la ſolitude ?

Peut-on s'empêcher, répondit
Demneh, de chercher la ſolitude pour azyle, lorſque l'on eſt
eſclave ; lorſque l'on n'eſt pas un
moment ſans crainte & ſans danger, & que l'on eſt en des fraïeurs
continuelles dans l'apprehen-
ſion de perdre la vie ? N'approu-
vez-vous pas que l'on s'éloigne
de la ruine dont on eſt menacé ?
Levez-vous, dit un Sage, éloignez-vous du malheur qui peut

vous arriver de la fortune peril-
leuse où vous êtes ; sauvez-vous
où vous pourrez , & si les pieds
vous manquent pour fuir bien
loin , retirez-vous chez vous , &
ne voyez personne.

De si beaux sentimens me char-
ment , repartit Choutourbeh ,
obligez-moi de vous étendre d'a-
vantage sur une matiere qui
m'est si agreable , afin que je
fasse plus de profit de votre ex-
hortation.

Six choses au monde , reprit
Demneh , en continuant son discours avec la même dissimulation , sont accompagnées de six
autres choses. Les richesses sont
inseparables de la vanité ; l'aban-
donnement aux passions dere-
glées est suivi d'afflictions ; la
compagnie des femmes , tire le
chagrin après soi ; la frequen-

tation des méchans le repentir ;
la basesse de la naissance donne lieu à des actions méprisa-
bles, & la cour des grands est
remplie de perils & de malheurs.
Vous ne trouverez pas un riche,
qui envyré de ses grands biens,
ne croye que tout lui est dû,
qui n'aspire à se faire chef de
parti, & qui ne cause des sedi-
tions, sans que rien soit capable
de le détourner. Vous ne verrez presque pas un seul de ceux
qui lâchent la bride à leurs passions, qui ne perissent misera-
ment. Peu d'hommes se donnent
aux femmes, qui n'en ayent de
grands mécontentemens dans la
suite. Tôt ou tard, l'on a à se
reprocher d'avoir frequenté les
méchans. On ne s'attire que du
mépris & du blâme, par un trop
grand commerce avec les gens.

de rien , & enfin il arrive rare-
ment que l'on se sauve de l'abî-
me caché sous la belle apparence du service des grands. Faites
état, dit un Auteur, que le service des Grands est une mer
remplie de crainte & de dangers, plus on y est engagé, plus
le risque que l'on y court est
grand.

A vous entendre parler sur ce
ton , dit Choutourbeh , je comprens que quelque mécontentement de la part du Roy vous a
rebuté, & vous donne de l'épouvante.

Excusez-moi, repartit Demneh, ce n'est pas cela : Tout ce
que je vous dis ici ne me regarde en aucune manière. Je suis
au contraire touché pour l'amour
de mes amis , & particulierement pour l'amour de vous. C'est

à votre confideration que je fuis trifte & abbatu comme vous le voyez. Vous fçavez de quelle maniere nous avions commencé d'établir entre nous une bonne amitié, & tout ce que j'ai fait pour la cultiver, & pour correfpondre à celle que vous m'avez témoignée de votre côté. Ainfi, comme je ne puis me défendre de m'intereffer en tout ce qui vous regarde, je crois être obligé de vous rendre compte également, du bien & du mal, que j'entens dire de vous.

Choutourbeh allarmé & effrayé de ce difcours tiré de loin exprés pour l'épouvanter, dit à Demneh : Cher ami qui prenez tant de part à mes interêts, je vous conjure de ne me pas faire languir, dites-moi fans déguifement ce que vous fçavez.

J'ai entendu dire, reprit Demneh, & même à un Vizir digne
de foi, que le Roy parloit de
de vous un de ces jours ; Choutourbeh devient plus gras de
jour en jour, il eſt d'une groſſeur ſi prodigieuſe, qu'il a bien
de la peine à ſe mouvoir. Il ne
ſupportera pas longtemps une ſi
grande fatigue. Mais ſa préſen-
ce & ſon abſence en cette cour
me ſont égales, il m'importe peu
qu'il meure ou ne meure pas. A
quoi eſt-il bon pour les affaires
de mes Etats ? Pour dire le vrai,
je ne croi pas qu'il ſoit propre à
autre choſe qu'à être mangé. Il
ſera bon un de ces jours à en
faire un repas magnifique à toute ma cour. Le récit de cet entretien, continua Demneh, m'a
touché ſi ſenſiblement, que je
ſuis venu d'abord vous en faire

part,

part, & vous faire connoître que
je ſçai obſerver les loix de la fra-
ternité, que nous avons contra-
ctée enſemble. Je vous dis librement en ami ce qui vous regarde, ſans examiner ſi la choſe
doit vous plaire, ou ne vous
plaire pas. Mais il me ſemble
que cela doit vous faire réſou-
dre à prendre garde à vous, &
à ſonger aux moyens de vous
garantir. Je ne doute pas que
vous ne ſçachiez bien vous tirer
d'affaire, & que vous n'ayez
plus d'une adreſſe pour vous
moquer du mauvais deſſein que
l'on a contre vous. J'eſpere cependant que vous me ſçaurez
bon gré de l'avis que je vous
donne.

Choutourbeh rappella en ſa
memoire les careſſes que le lion
lui avoit faites, & les marques

d'amitié qu'il en avoit reçûes :
Eſt-il poſſible, dit-il, que le Roy
parle de moi d'une maniere ſi
outrageante ? Moi qui n'ai pas à
me reprocher le moindre endroit
par où l'on puiſſe me ſoupçonner
de rebellion, ou la moindre déſo-
beiſſance à ſes ordres, & qui ai
toute l'attache imaginable pour
ſon ſervice ? Pour ne pas men-
tir, je doute encore de la verité
de votre rapport, à moins que
mes envieux ne l'ayent emporté
par leur médiſance, & qu'ils ne
ſe ſoient liguez pour me perdre
en ſon eſprit. Si cela eſt, il juge
de moi, comme il a eu occaſion
de juger d'eux, qui l'ont ſouvent abuſé par leurs menſonges,
& qui lui ont donné plus d'une
allarme, en voulant ſe révolter.
Il s'imagine qu'il en eſt de même de tous ceux qu'il admet au-

près de lui. Voilà dequoi l'on
est capable , lorsqu'on se laisse obseder par les mechans. On
interprete en mal toutes les actions des bons , leur droiture
n'empêche pas que les mauvais soupçons n'offusquent toûjours
tout ce qu'ils font de bien. L'exemple de la prévention d'un
canard est merveilleuse sur ce sujet.

LE CANARD
ET
LA LUNE.
FABLE.

UNE nuit que la lune luisoit, continua Choutourbeh , un canard en apperçut

l'image dans l'eau, & crut que
c'étoit un poisson. Il se plongea
pour en faire sa proie, & ne trouva rien. Il fit la même chose
plusieurs fois, toûjours avec
aussi peu de succès. Fatigué de
cet exercice, il s'en abstint,
quoique le même objet parût
toûjours à ses yeux. Les nuits
suivantes, que la lune ne luisoit pas, il appercevoit de veritables poissons. Mais comme il
étoit prévenu qu'il en étoit de
même, que lorsque l'eau recevoit l'image de la lune, cela ne
lui donnoit pas d'envie de les
attaquer. J'y ai été attrapé plusieurs fois, disoit-il en lui-même,
je n'y serai pas trompé davantage. Avec cette illusion cependant il se laissoit mourir de
faim, parce qu'il ne pêchoit
plus.

Si mes ennemis ont fait des rapports au lion de mes paroles ou de mes actions, quoique les rapports soient des fauffetez, s'il les a reçus neanmoins comme des veritez, il en fera de même que du canard. Il aura toûjours cette penfée, & rien ne fera capable de la lui faire abandonner. La verité eft cependant, qu'entre moi & ceux qui lui fuggerent toutes ces fauffetez, il y a autant de difference qu'entre le corbeau, oifeau de mauvais augure, & le huma, qui fe plaît à accompagner les Rois heureux. C'eft une indignité au lion de me comparer à eux, & de mettre dans une même balance ce qui eft précieux avec ce qui ne l'eft pas. Il ne doit pas auffi mefurer par lui-même ceux qui font profeffion d'honnêteté.

Les differentes fortes de lait fe
reffemblent en blancheur ; mais
elles ne fe reffemblent pas en
bonté. Certaines mouches ne fe
plaifent qu'à piquer & incom-
moder , pendant que d'autres
s'occupent à faire le miel. Deux
fortes de gazelles paiffent l'herbe & boivent de l'eau également ; mais une feule de fes efpeces porte le mufc.

Vous ne devez pas croire, reprit Demneh, que c'eft par un
caprice particulier que le lion
s'eft laiffé furprendre , & qu'il a
de l'averfion pour vous, il agit
par une coûtume generale à tous
les Rois, qui élevent les uns
fans mérite, & abaiffent les autres fans fujet. On en voit qui
font mille careffes à des incon-
nus & à des étrangers, & d'autres qui n'ont pas la moindre

reconnoiſſance pour ceux qui é-
ternifent leur memoire en chan-
tant leurs victoires.

Si, comme vous me le mar-
quez, repliqua Choutourbeh,
le lion a de l'averſion pour moi
ſans connoiſſance de cauſe, quoique ſa colere ſoit ſans fondement, je ne vois pas neanmoins
lorſqu'il la fera éclater, qu'il y
ait apparence d'en éviter les effets dangereux. Une colere bien
fondée peut s'abaiſſer par des
ſoumiſſions & par un repentir
ſignalé. Mais s'il eſt vrai qu'il
ſoit irrité par des ſurpriſes & des
calomnies, il n'eſt pas poſſible
de pouvoir le ramener. Les ſurpriſes & les calomnies ſont un
fond qui ne tarit jamais, quand
une fois on a donné dedans. Je
ne reconnois en ma conduite
aucune fauſſe démarche qui

puiſſe m'avoir attiré la diſgrace
que vous m'annoncez, à moins
qu'il n'ait à me reprocher de
n'avoir pas ſuivi ſon ſentiment
dans l'execution de certains pro-
jets, ou de lui avoir parlé avec
trop de liberté en ſoutenant mon
avis lorſqu'il étoit contraire à
ſon intention. C'eſt peut-être ce
qui l'anime, & lui fait croire
que je veux me donner trop
d'autorité. Mais en cela je n'ai
rien fait que pour le bien de ſes
affaires, que pour ſa gloire & ſa
réputation, & qu'avec tous les
égards & tout le reſpect que je
devois. Qui eût jamais prévu
ce changement, & qui eût cru
que mes conſeils ſi purs, & mon
affection ſi deſintereſſée duſſent
m'attirer l'indignation & la haine de ſa Majeſté? J'ai cru bien
faire, & c'eſt d'avoir bien fait

que vient mon mal. Un autre que
moi eût mieux fait, car je ne suis
pas capable de lui donner un veritable sujet de haine, en travail-
lant à m'élever sur sa ruine. Ce
n'est pas un hazard ni un caprice, c'est une loi reçue pour constante chez les Princes, de païer
leurs Ministres d'ingratitude,
de n'écouter que les flateurs &
ceux qui machinent leur perte,
& de les honorer de leurs faveurs. C'est aussi ce qui a fait
dire à des Sages, que le danger
étoit moins grand d'être exposé
à un dragon marin, & de sucer
le sang empoisonné, dégoutant
par la morsure d'un serpent, que
d'être au service des Sultans.
J'éprouve par moi même ce que
j'avois appris sur cette matiere.
Des Politiques ont comparé les
Monarques au feu. Le feu dissipe

les tenebres par sa lumiere ; mais
d'un autre côté, il consume toutes les choses où il s'attache. De
même, les Rois par leurs bienfaits, donnent quelquefois de la
satisfaction à ceux qui sont at-
tachez à eux ; mais à la moindre occasion, ils mettent leur
services en oubli , & ils leur
ôtent la vie. Plus on est près du
feu, plus on est en danger d'ê-
tre brûlé. Ceux qui en sont éloignez sont hors de ce danger.
On s'emêle de l'avantage & du
plaisir d'être dans les cours. Mais
si l'on sçavoit ce que c'est que
d'être exposé continuellement au
serieux & à la séverité d'un Monarque, l'on n'hesiteroit pas à
se persuader que le risque sur-
passe la douceur imaginaire dont
l'on se repaît ; & que mille années de la faveur d'un Prince,

par exemple , ne peuvent pas
confoler d'une difgrace femblable à la mienne. Rien n'a plus
de rapport à ce fujet que l'entretien d'un faucon & d'un coq
que vous ferez bien aife d'entendre.

****

LE FAUCON
ET LE COCQ.

FABLE.

UN faucon étoit un jour en
conteftation avec un cocq:
Tu paroît , lui difoit-il , être domeftique & apprivoifé, tes manieres cependant font farouches.
Tu promets de l'amitié à l'exterieur , & tu n'as que de l'inimitié
& de la haine dans l'interieur.

Dis-moi, pourquoi la fincerité ne regne-t'elle pas parmi vous ? Pourquoi ne correfpondez-vous pas aux bons traitemens que l'on vous fait ? Il n'y a que de l'ingratitude en vos actions, que de la haine & de la défobeiffance, & vous ne donnez que de la peine & de l'incommodité. En apparence, vous êtes la bonté même, & l'on auroit tort de vous faire aucun reproche. Mais pour avoir la bonté au fouverain degré, fçavez-vous qu'il faut avoir de la fincerité, & une uniformité dans fes actions, & que l'honnêteté & la civilité demandent que l'on rende le bien pour le bien ? Le chien, quoiqu'incommode, ne laiffe pas d'être louable, en ce que fes careffes font fans diffimulation, & que l'on tire de lui de grands avantages.

Le cocq demanda à son tour au faucon : En quoi avez - vous remarqué que nous ne sommes pas sinceres , reconnoissans, & uniformes en ce que l'on doit attendre de nous ?

La chose , repartit le faucon , est visible d'elle même. Peut on imaginer une ingratitude plus signalée que celle par laquelle vous vous distinguez ? Les hommes ont pour vous des considérations si grandes , qu'ils vous apprêtent tous les jours votre grain & votre eau , afin que vous n'ayez pas la moindre peine ni le moindre chagrin pour trouver votre vie. Pouvez-vous souhaiter un plus grand bonheur que celui d'être sûr de ne pas mourir de faim ? Ils ont toûjours l'œil sur vous, ils veillent à votre conservation , & empêchent

qu'il ne vous arrive aucun
mal : Il n'y a cependant aucune
solidité dans votre cœur, &
vous n'avez pas la moindre attache pour eux. Je ne considere
pas seulement le soin qu'ils prennent pour votre nourriture, ils
exercent l'hospitalité toute entiere envers vous, en vous lo-
geant chez eux, dans un appartement qu'il vous bâtissent exprès, afin que vous soyez à l'a-
bri des injures du temps. Cela
ne devroit-il pas vous obliger
d'être assidus auprès d'eux, &
de venir à leur voix dès qu'ils
vous appellent ? C'est alors que
vous fuyez, & que vous volez
de toît en toît pour vous en éloigner davantage. Allez, cela est
honteux, & ce n'est pas là reconnoître l'obligation que vous
leur avez. En les regardant

comme vos bienfaicteurs, vous
devriez les prévenir en tout ce
qu'ils peuvent exiger de vous,
& ne pas les éviter comme vous
faites. Quoique nous foyons fau-
vages & nourris dans les rochers,
nous n'en ufons pas neanmoins
de même. Pour peu que nous
ayons de communication avec
eux, & que nous mangions fur
leur poing, nous leur apportons
la chaffe que nous prenons, en
reconnoiffance de la nourriture
qu'ils nous donnent ; & s'il arrive que nous nous écartions, nous
retournons à eux dès qu'ils nous
appellent.

Tout ce que vous venez de
dire contre notre conduite, reprit le cocq, eft veritable, je ne
puis en difconvenir. Mais voulez-vous que je vous marque
précifément la raifon pourquoi

vous êtes si obeïssans à la voix
des hommes, & pourquoi nous
ne suivons pas votre exemple?
C'est que jamais vous n'avez vû
de faucons rôtis dans un plat,
& que souvent nous avons le triste spectacle de voir égorger à
nos yeux nos femmes, nos enfans & nos parens, & les rôtir
ensuite impitoyablement à un
grand feu. Si vous aviez les
mêmes objets devant les yeux,
vous ne vous arrêteriez pas un
moment auprès des hommes, &
vous ne regarderiez pas leurs
maisons comme des azyles. Par
cet exemple, ajoûta Choutourbeh, vous voyez que les favoris
des Princes, qui ne font pas réflexion aux disgraces qui arrivent tous les jours à leurs semblables, ni aux funestes effets
de colere dont ceux qui les ont
précedez

précedez ont été écrasez , sont
autant d'insensez & de gens dé-
pourvûs d'esprit.

Je vous le répete , insista Demneh , je ne crois pas que le lion
vous veuille du mal par un pur
effet de tyrannie, lorsque je considere votre vertu & les perfections qui vous rendent recom-
mandable. Les souverains ne se
lassent jamais des personnes de
votre mérite , & je ne sçai que
penser de son aversion. L'apparence est grande cependant , repliqua Choutourbeh , que ma
vertu & les perfections que vous
dites en sont la cause. Ne voyez-
vous pas que l'on met des entra-
ves aux pieds des bons chevaux,
que l'on rompt les branches des
arbres qui portent de bons
fruits, que l'on enferme le rossi-
gnol dans une cage à cause de

son chant, que l'on arrache les
plumes du paon, qui en souffre
une confusion mortelle, & que
l'on enferme les perles. Ma sagesse me tient lieu de ce que la
peau est à vous autres renards,
& de ce que les plumes sont aux
paons, & ma capacité fait mon
malheur. Sans cela, je serois
heureux, & me voilà dans la
derniere humiliation. Comme
les méchans excedent les gens
de bien par leur multitude, ils
prennent leur avantage avec
tant de mesure, qu'ils font passer ceux-cy pour des fâcheux,
des censeurs, des rebelles & des
criminels, dans le temps que
l'on devroit les cherir par leur
douceur, leur fidelité & leur
innocence. Ils les rendent un
objet de mépris & d'abomina-
tien, lorsqu'ils devroient être

honorez, refpectez & élevez au
faîte du bonheur. C'eft de la
forte que ces efprits pernicieux
renverfent l'ordre des chofes,
& font paroître le vice où regne
la vertu. La vertu, difent les
Sages, ne jettent pas plûtôt de
l'éclat, que le vice l'infulte avec
infolence, que ceux qui font
profeffion de n'en avoir pas, la
contrôllent, & n'oublient rien
pour la décrier. Dans l'occur-
rence, difent-ils encore, les perfonnes moderées & pacifiques,
ne croyent pas trahir leur con-
fcience, en difant que de fauffes perles font veritables, que
les inhumains font remplis de
compaffion, & que ce qui eft
de laine eft de foie. Cette maniere d'agir eft d'une ame no-
ble; mais les ames viles & baf-
fes n'ont pas cette retenue. Ils

publient que les épines font des
épines.

Comme vous le dires, ajoûta
encore Demneh, il fe peut faire
que ce font des impofteurs & des
calomniateurs qui vous ont ren-
dus ce mauvais office ; mais a-
prés tout, quelle peut être leur
efperance , & quelle fera leur
récompenfe?

Ils ne reçoivent pas le châtiment dû à leur mechanceté, répondit Choutourbeh, tant qu'il
plaît à la divine Providence de
les laiffer dans le repos dont ils
jouiffent en apparence. Mais
quand leur temps eft venu, toutes leurs précautions deviennent
inutiles, & rien ne peut parer
le coup fatal qui les attend.

Cela ne leur arriveroit pas,
dit encore Demneh, s'ils fe gou-
vernoient avec prudence. L'on

doit agir en toute chofe avec
circonfpection , & voir de loin
l'évenement de ce que l'on entreprend ; & l'on ne peut pas dire
que l'on ait penfé meurement à
ce que l'on fait , lorfque la fin ne
correfpond pas à ce que l'on s'é-
toit propofé.

Ce que vous dites eft très-ve-
ritable , reprit Choutourbeh ;
mais foit que l'on agiffe par une
veritable ou par une fauffe prudence, il n'arrive que ce qu'il
plaît au fouverain createur de
toutes chofes ; c'eft auffi ce qui
fait que je me foumets entierement à fa volonté, en ce qui regarde ma deftinée. A ce fujet
je vous ferai le récit de ce qui
arriva entre un payfan & un
roffignol, dont peut-être vous
n'avez pas connoiffance. C'eft

une querelle affez curieufe pour
mériter votre attention.

❊❊❊❊❊❊❊❊❊❊❊❊❊❊❊❊❊❊

LE PAYSAN

ET

LE ROSSIGNOL.

FABLE.

UN payfan, dit Choutour-
beh, avoit un jardin d'autant plus beau, qu'il y avoit
joint les agrémens de fon art &
de fon induftrie à ceux de la nature, qui y contribuoit large-
ment de toutes les graces dont
elle abonde. Entre les fleurs differentes dont les parterres é-
toient émaillez, il y avoit un
gros buiffon formé par un rofier,

qui produifoit un nouveau bouton tous les jours , que le payfan voyoit s'épanouir avec un
grand plaifir. Un matin , comme
il étoit venu pour le voir , felon
fa coûtume, il apperçut un roffignol indifcret , qui déchiroit
le bouton de fon bec , & faifoit
tomber les feuilles par terre ,
cela le mit dans une grande colere. Il obferva la même chofe
le lendemain & le jour fuivant.
Sa patience fut pouffée à bout,
il tendit des filets , il prit le roffignol & le renferma dans une
cage. Le roffignol mortifié de
fa captivité, fe plaignit au payfan : Pour quel fujet , dit - il ,
m'enfermez-vous dans cette prifon ? Quel crime ai-je commis ,
pour me traiter fi impitoyablement ? Si vous le faites pour entendre mon chant, il n'étoit pas

neceſſaire que vous me fiſſiez
cette violence, puiſque je vous
en donnois le plaiſir entier dans
votre jardin, d'où je ne ſortois
point, parce que mon nid y eſt.
Si vous avez une autre raiſon,
ou ſi je vous ai offenſé en quelque chóſe, je vous prie de me
le dire, & de m'apprendre le
motif de ma diſgrace.

Quoi! répondit le bon homme
de payſan, tu m'as privé de ce
qui m'étoit le plus cher, je veux
dire des roſes que tu m'as gâ-
tées, & tu voudrois que je ne
m'en vengeaſſe pas? C'eſt pour
cela que je te prive de la compagnie de tes petits, des roſſi-
gnols tes amis, & de la liberté
dont tu jouiſſois. Tu auras tout
le temps de faire tes plaintes dans
cette cage, & de déplorer ton
malheur.

Ne

Ne me tenez pas ce difcours, repartit le roffignol, penfez plû-tôt que vous me faites fouffrir la prifon pour une faute auffi legere, que celle d'avoir gâté quelques rofes, & que vous mé-ritez un châtiment d'autant plus rigoureux, que votre cruauté excede de beaucoup le crime dont vous voulez que je fois coupable. Dieu n'eft pas moins jufte à punir les méchans, qu'à récompenfer les bons. Qui fait bien trouve le bien, & qui fait mal trouve fon malheur.

Le payfan touché de la remon-trance du roffignol, qui lui pa-rut équitable, fe fit Juftice à lui-même. Il ouvrit la cage & le mit en liberté. Le roffignol joyeux de fe voir fi-tôt délivré de l'ef-clavage, ne fe fut pas plûtôt pofé fur la premiere branche d'arbre,

qu'il dit au payfan : Puifque vous
m'avez fait ce plaifir fi obligeamment, & que le bien eft la récompenfe du bien, il eft jufte
que j'en aye la reconnoiffance
que je dois. Apprenez donc
qu'au pied de l'arbre que voilà
derriere vous, vous trouverez
un vafe rempli d'or & d'argent.
Le payfan creufa au pied de
l'arbre & trouva le vafe : Je fuis
furpris, dit-il au roffignol qui
l'avoit accompagné, que tu ayes
apperçu ce vafe fous la terre, &
que tu n'ayes pas vû fous les
branches de ce rofier, les filets
cachez pour te prendre. Ne fçavez-vous pas, répondit le rof-
gnol, que toutes les prévoyances
font inutiles, lorfque l'heure du
deftin eft venu, & qu'alors il
n'y a plus ni confeil ni détour à
prendre ? Cela peut vous faire

concevoir , dit encore Choutourbeh en achevant , que je
n'ai pas de forces suffisantes pour
m'oppofer à ma deftinée , & que
je n'ai pas d'autre réfolution à
prendre , que celle de m'abandonner entre les mains de la divine Providence , puifque tout
ce qui doit m'arriver ne doit venir que de fa part.

Pour vous expofer encore ce
que je penfe , dit Demneh à
Choutourbeh , qu'il vouloit aigrir d'avantage , je panche for-
tement à croire que le lion fe
déclare contre vous , non pas à
caufe de votre vertu , ni de la
calomnie de vos ennemis , ni de
fa vanité en voulant faire éclater fon pouvoir , mais par la fe-
rocité qui lui eft naturelle , dont
il n'eft pas poffible qu'il fe dé-
pouille. Il fait toute chofe pour

paroître doux & accueillant ;
mais dans le fond c'est un diſſi-
mulé & un perfide, & la fin du
ſervice qu'on lui rend n'eſt qu'a-
mertume.

Que faire à tout cela, repartit
Choutourbeh ? Je n'y vois pas de
remede. Il y a longtemps que
je ſuis heureux, l'heure de ſouffrir eſt venue ; je vivois en repos, il faut préſentement que les
chagrins & les afflictions ayent
leur place. Les amans ne poſſe-
dent pas toûjours ce qu'ils aiment, l'abſence ſuccede à la
jouiſſance. C'eſt mon deſtin, je
l'avoue, qui m'a amené au lion
comme une victime. Quelle liaiſon y avoit-il entre lui & moi ?
Qu'étoit il beſoin que je devinſſe
le premier miniſtre du Roy des
animaux, lui qui en ſuçant le
lait, a appris que j'étois au mon-

de pour lui servir de pâture,
que je n'ai point de forces qui
puissent m'empêcher de tomber
sous ses pattes, & que je suis
propre à remplir son estomac.
Plût à Dieu, que jamais l'on
n'eût employé les artifices dont
on s'est servi pour me conduire
à lui, & m'engager à son service ! Mais, Demneh, ce sont les
Decrets de Dieu & vos persua-
sions qui m'ont jetté dans ce pré-
cipice. Disons plûtôt que c'est à
moi-même que je dois imputer
mon désastre. Je comprens assez
à quels malheurs l'on est conduit
par la convoitise, par l'ambition
& par le désir des richesses. Je
me suis laissé entraîner par ces
passions, & je m'y suis abandonné avec trop d'aveuglement.
Les Sages ont bien eu raison de
comparer celui qui ne se con-

tente pas de ce qu'il a, à un marchand qui arrive au pied d'une
montagne de diamans, & qui
n'eſt pas ſatisfait d'amaſſer ceux
qu'il rencontre. Dans l'eſperance d'en trouver de plus précieux
& d'un plus grand prix, il avan-
ce toûjours en montant, & mon-
te ſi haut, qu'il trouve veritablement dequoi contenter ſon
avarice. Mais dans l'aveuglement où il eſt à force de marcher ſur les diamans, il ſe bleſſe
ſi fort aux pieds, qu'il lui eſt
impoſſible de retourner en arriere, & qu'il demeure expoſé à la
pâture des oiſeaux carnaſſiers,
des ſerpens & des fourmis. Prens
garde, diſent ces mêmes Sages,
tu en demande trop, tu ne réuſ-
ſiras pas dans ton entrepriſe. Si
tu ſouhaites un bien ſolide, ne
demande rien au de-là de ce qui
te convient.

Il est certain , dit Demneh ,
en applaudissant à ce discours ,
que ceux qui tombent dans les
malheurs , y tombent par leur
propre faute , & par l'avidité
qui les y précipite. Aussi c'est
une maladie bien dangereuse ,
que l'avidité ; elle attaque l'ame
& le cœur. Elle est si pernicieu-
se , qu'en tout pays , l'on fuit
ceux qui en sont malades , comme des pestiferez. Il n'est pas
plus possible qu'ils jouissent d'aucune satisfaction , qu'il est possible qu'un bon vin conserve sa
bonté dans un vase où il y a du
vinaigre. On en a vu périr une
infinité , avec toutes les apparences de grandeur & de faste
dont ils se repaissoient , de même qu'un certain chasseur qui
voulut attraper un renard , &
tomba entre les pattes d'un leo-

pard. C'eſt une hiſtoire curieu-
ſe, dont vous ne ſerez pas fâché
d'entendre le détail.

LE CHASSEUR,

LE RENARD,

ET

LE LEOPARD.

FABLE.

UN chaſſeur qui étoit un
jour à la chaſſe, continua
Demneh, vit un renard courir
& ſauter d'une grande legereté
par la campagne. L'envie d'a-
voir ſa peau qui paroiſſoit d'un
très-beau poil, fit qu'il ne le
perdit pas de vûe, il obſerva &
reconnut la taniere où il ſe re-

tiroit. Il creufa une foffe près de
l'entrée, & après l'avoir couver-
te de branchages & de brouif-
failles, il y pofa une charogne,
& fe mit en embufcade, en attendant que le renard vint fe
prendre.

Quelque temps après le renard
fortit de fa taniere, & fut d'a-
bord attiré par l'odeur de la charogne, il s'approcha jufques fur
le bord de la foffe, mais à l'ap-
pareil des branchages, il fe douta de quelque tromperie : L'o-
deur qui part de cet endroit,
dit-il en lui-même, me donne la
vie, mais il peut y avoir une
foffe là deffous, & la confrva-
tion de ma vie eft préferable au
plaifir de manger ce que je vois.
Mon cerveau, à la verité, eft
embaûmé de l'odeur agreable
de cette viande; mais en même

temps je le sens troublé par le
risque qui peut-être y est attaché.
Gens bien avisez jamais n'affron-
terent le peril évident, & n'en-
treprirent rien qui pût leur apporter le moindre préjudice. Là
où tu trouves un pas difficile, disent les Sages, retire-toi un pas
en arriere. Cet animal peut être
mort où le voilà, peut être aussi
qu'on l'y a mis exprès pour me
faire tomber dans le piege. Un
bocage n'est pas seulement d'arbres & d'arbrisseaux, un leopard
s'y rencontre quelquefois. L'on
ne peut pas éviter son destin, il
est vrai, mais il est bon de ne
rien faire qu'avec précaution.
De deux choses qui se présen-
tent, dont l'une est dangereuse,
& l'autre est sans danger, j'aime mieux me déterminer à suivre la derniere. Avec ce raison-

nement, il laiſſa là la charogne,
& ſauva ſa vie en paſſant outre.

Peu de temps après un leopard
affamé deſcendit de la montagne, & vint juſqu'à la charogne, il ſe jetta deſſus ſans déli-
berer, mais en même temps il
tomba dans la foſſe. Au bruit,
le chaſſeur crut le renard pris,
accourut, & ſe jetta dans la foſſe. Le leopard s'imagina que le
chaſſeur venoit lui enlever ſa
proie qui étoit tombée avec lui,
& qu'il commençoit de manger,
il ſe jetta ſur lui & le mit en
pieces. C'eſt ainſi que le chaſſeur avide de la peau du renard
finit ſes jours, & que le renard
ſobre & moderé, échapa du peril dont il étoit menacé. C'eſt
auſſi de la ſorte, ajouta Demneh, que ceux qui cherchent
ce qu'ils n'ont pas, mais dont

ils pourroient se passer, deviennent esclaves de libres qu'ils é-
toient, esclaves, dis-je, d'une
maniere à n'être plus les maîtres
de leur propre vie.

Lorsque Demneh eut achevé
le récit de cette fable, Choutourbeh dit encore : Je vous
avoue que j'avois été dans l'er-
reur jusqu'auparavant que l'envie me prît de profiter de l'occasion d'entrer dans la faveur
du lion, & que j'avois cru que
le service des grands étoit tout
autre chose. Mais je reconnus
bien dans la suite que je m'étois
trompé, lorsque je m'apperçus
qu'il ne faisoit pas grande estime des services que je lui ren-
dois, & qu'il marqua par sa conduite envers moi, qu'il n'y a pas
de fondement à faire sur l'amitié
des Souverains. Ce que l'on dit

eſt bien vrai, qu'il ne faut pas
contracter amitié avec celui qui
n'en ſçait pas le prix, ni rendre
des ſervices à ceux qui ont l'ingratitude de ne les pas reconnoître, & que l'on faiſoit la même choſe que ſi l'on ſemoit dans
une méchante terre avec eſperance de faire une ample moiſ-
ſon ; que ſi l'on écrivoit ſur l'eau ;
que ſi l'on perçoit un rocher,
pour trouver un tréſor ; que ſi
l'on cherchoit du fruit bon à
manger aux branches d'un cy-
près ; & enfin, que ſi l'on croïoit
qu'un rejetton de ſaule dût produire des cannes de ſucre, même en l'arroſant de l'eau de la
riviere du Paradis.

Vos plaintes & vos regrets,
reprit Demneh, ne ſervent
de rien, ils ne feront pas changer la volonté du Roy. Prenez

vos mesures, & voyez ce que
vous devez faire, pendant que
vous en avez encore le temps,
qui vous est cher, & que vous
ferez bien de ne pas laisser é-
chaper.

Helas! repartit Choutourbeh
en soupirant, quelles mesures
voulez-vous que je prenne? Que
puis-je faire? Quel remede, ou
quel conseil croyez-vous me pouvoir être avantageux? Je ne suis
pas encore bien convaincu du
mécontentement du lion à mon
égard. Quoique vous ayez pû
me dire, je crois qu'il a de bons
sentimens, & que dans le fond
il est bien intentionné pour moi.
Mais comme les envieux ont ju-
ré ma perte & ma mort, je vois
bien qu'ils mettent tout en usage
pour y réussir. Je m'attens que
leur méchanceté l'emportera

toujours sur la bonté du lion. La
médisance & la calomnie ne
quittent jamais prise, qu'elles
n'ayent anéanti l'innocent qu'-
elles ont une fois attaqué. Il en
sera de même que du loup, du
corbeau & du renard qui me-
ditent de faire perir un chameau, & réussirent dans leur
dessein. En voici l'histoire, é-
coutez-là, je vous prie.

✳︎✳︎✳︎✳︎✳︎✳︎✳︎✳︎✳︎✳︎✳︎✳︎✳︎

LE CORBEAU,

LE LOUP,

LE RENARD,

LE LION,

ET LE CHAMEAU.

FABLE.

UN corbeau, un loup & un renard étoient au service d'un lion, qui faisoit sa retraite dans un bois peu éloigné d'un grand chemin, par où des caravanes passoient de temps en temps. Un jour une caravane passoit par cet endroit là, lorsqu'un chameau se trouva si fatigué, que le Marchand à qui il appartenoit fut contraint de l'y abandonner.

abandonner. Au bout de quelque temps le chameau qui avoit
repris ſes forces, marchoit in-
differemment de côté & d'autre
& en paiſſant, il s'avança juſqu'au bord du bois. Il y entra,
& il n'eût pas fait quelques pas,
que le lion ſe préſenta devant
lui. Epouvanté de cet objet déſagreable pour lui, il prit le ſeul
parti qu'il avoit à prendre pour
ſa vie, qui fut celui de ſe ſou-
mettre aux volontez du lion, &
de lui faire offre de ſes ſervices.
Le lion reçut ſes complimens
fort honnêtement, & s'informa
de ce qu'il étoit, & de ce qui
l'avoit arrêté dans la contrée.
Le chameau le ſatisfit ſur ces
demandes : J'étois, continua-
t-il, libre de mes actions avant
de vous voir, mais du moment
que je vous ai vû, j'ai perdu

cette liberté. Votre Majesté n'a
qu'à me commander, je suis prêt
d'obéir. Je vous reçois volontiers
sous ma protection, reprit le lion,
& je puis vous assurer que vous
vivrez sans inquiétude & dans
un grand repos à l'ombre de ma
félicité. Le chameau joyeux de
la bonté du lion & de l'assurance qu'il lui donna, resta dans
le bois en allant & en paissant où
bon lui sembloit, & de la sorte
il reprit son embonpoint avec le
temps, & devint fort gras.

Un jour le lion qui étoit sorti
du bois, à la quête de quelque
bonne proie, rencontra un puissant éléphant qu'il alla attaquer.
Le combat fut fort rude entre
eux. Mais enfin le lion reçut plusieurs blessures dangereuses, &
fut contraint de se retirer dans
un si grand desordre, qu'il pou-

voir à peine se soutenir ; il gagna
neanmoins le bois , & arriva à
son gîte avec de cuisantes douleurs.

Le corbeau, le loup & le renard qui profitoient des restes
de la bonne chere du lion , eurent une grande mortification de
le voir en cet'état , & ils se pré-
senterent devant lui fort tristes
& fort mortifiez. Le lion tout
malade qu'il étoit, fut touché
de cette marque de leur zele :
Pauvres infortunez , leur dit-il ,
je vous plains de la disgrace qui
vous arrive à l'occasion de la
mienne , & je souffre plus de ce
que vous souffrez , que de mes
propres douleurs. Allez , voyez
si vous ne découvrirez pas quelque proie ici aux environs , &
venez m'en donner avis, je ferai
mes efforts pour lui donner la

chaſſe, & pourvoir à votre nourriture. A ces paroles ils partirent, ſe ſéparerent, & roderent
chacun de ſon côté ; mais quelque diligence qu'ils fiſſent, ils
n'apperçurent pas le moindre a-
nimal. Ils ſe rejoignirent fort
déconcertez d'avoir perdu leurs
peines, & tinrent conſeil ſur les
meſures qu'ils devoient prendre
pour remedier à la faim dont ils
étoient menacez. Le loup opina
le premier : Quel avantage, dit-
il, tirons-nous de la ſocieté du
chameau dans ce bois. Il n'eſt
même utile en rien au lion notre
maître, & nous ne pouvons avoir
commerce avec lui par aucun
endroit. Mon avis ſeroit d'inſi-
nuer au lion, qu'il peut ſe défaire de lui en attendant une
meilleure ſanté. Par là il auroit
dequoi ſe nourrir quelques jours

& nous en aurions notre part.
Le renard penſoit bien la même
choſe que le loup., mais il ne
vouloit pas qu'on pût lui reprocher d'avoir été de ce ſentiment.
Cette penſée, dit-il, n'eſt ni rai-
ſonnable ni équitable ; le lion
lui a donné ſa parole & l'a reçu
ſous ſa protection. Il n'eſt pas
permis ſans crime & ſans rebellion, de porter un Roy à ne pas
tenir la parole qu'il a donnée, &
un rebelle eſt haï & maudit de
Dieu & de tout le monde. L'affaire, repartit le corbeau, n'eſt
pas ſi difficile que l'on pourroit
s'imaginer. On peut la couvrir
d'un prétexte , & je ſçai un
moyen par où le lion peut manquer à ſa parole ſans apparence
d'injuſtice. Attendez-moi ici, je
vais le trouver, je promets de vous
apporter une bonne réponſe.

Le corbeau se rendit auprès du lion, lui fit une profonde révérence, & demeura devant lui dans le respect & dans le silence. Avez vous vû quelque chose, lui demanda le lion. M'apportez-vous la nouvelle d'une bonne chasse à faire? Je ne dirai rien sur la demande de votre Majesté, répondit le corbeau, je l'assurerai seulement que la faim nous accable de maniere, que la lumiere de nos yeux s'affoiblit, & qu'à peine nous pouvons nous mouvoir. Mais nous avons imaginé un remede qui sera d'un grand soulagement pour elle & pour nous, si elle l'a pour agreable. Si la chose se peut faire, repartit le lion, je ne ferai pas difficulté de l'approuver. Votre Majesté, reprit le corbeau, a trop d'esprit pour ne pas voir

que le chameau n'a point de
rapport avec elle, & que nous
ne tirons pas le moindre avantage de sa société. C'est une
chasse qui s'est présentée, & qui
est venue d'elle-même se jetter
dans vos filets. Il semble qu'il
ne faudroit pas en chercher un
autre dans une conjoncture aussi
pressante que celle-ci.

Ce discours mit le lion dans
une grande colere : Siecle malheureux ! dit - il , en rejettant
bien loin la proposition. Siecle
corrompu ! A qui se fier présentement ? Les amis n'ont plus de
fidélité , ce sont des perfides.
Mille malédictions aux amis de
ce siecle, qui ne se distinguent
que par la dissimulation , par la
ruse, & par la fourberie, & qui
renoncent aux loix les plus sa-
crées de l'humanité. Je ne veux

pas de ces amis qui ne caufent
que de la mortification, lorfque
l'on a befoin de leur fecours.
Dis-moi, malheureux! en quel
état a-t-il jamais été permis de
manquer à fa parole? En quelle
religion a-t-on tenu pour maxime, de maffacrer un étranger
que l'on a reçu à bonne compo-
fition? Je ne veux pas avoir le
blâme d'avoir détruit ce que j'ai
moi-même élevé.

Rien, repliqua le corbeau,
n'eft plus conforme à l'équité &
à la droite raifon, que ce que
dit votre Majefté: Mais je ne
crois pas qu'elle ignore que les
bons politiques tiennent, qu'il
faut perdre un membre pour
conferver tout le corps; un é-
tranger pour fauver un domeftique; un domeftique pour la confervation d'une famille; une famille

mille pour ne pas expofer toute
une ville ; & une ville pour la
perfonne d'un Monarque qui fe
trouve en danger, parce que la
vie d'un Monarque eft neceffaire à tout un puiffant Etat. Il faut
tenir parole, il eft vrai ; mais il
ne faut pas que cela porte préjudice à celui qui l'a donnée, &
que la confervation de fa perfonne y foit intereffée.

A ces raifons, le lion baiffa la
tête & ne dit mot. Le corbeau
prit cela pour un confentement,
& retourna auffi-tôt à fes compagnons : J'ai, leur dit-il, repré-
fenté l'affaire au Roy ; il l'a d'a-
bord rejettée bien loin, mais je
lui ai appporté de fi fortes raifons, qu'enfin il y a donné fon
confentement. Il ne s'agit plus
que de l'executer. Pour y parvenir, il eft neceffaire que nous

nous abbouchions avec le chameau, & que nous lui repréfen-
tions la faim extrême où le lion
eft réduit à l'occafion de fes blef-
fures. Nous lui infinuerons enfuite que la longueur du temps
qu'il y a que nous vivons fous
fa puiffante protection, ne nous
permet pas de nous exempter de
facrifier notre vie pour lui, autrement nous ferions des ingrats,
& indignes des bienfaits dont il
nous a comblez. Nous ajoûte-
rons qu'il eft de notre devoir
d'aller tous enfemble le remercier des graces dont nous lui
fommes obligez, & pour les reconnoître, lui marquer que nous
ne pouvons moins faire que de
nous facrifier pour fa confervation. Alors, chacun féparément
nous prefferons le Roy de nous
immoler à fa faim, pendant que

d'un autre côté nous lui four-
nirons quelque prétexte pour
rejetter l'offre que nous lui ferons, afin de faire tomber le fort
fur le chameau.

Ce complot arrêté, les trois
animaux allerent trouver le chameau, qui n'entendit pas de fineffe en ce qu'ils lui propofe-
rent. Il donna au contraire fi
aifément dans le panneau fur
tout ce qu'ils lui dirent, qu'ils
n'eurent pas de peine à l'emme-
ner avec eux devant le lion.
Lorfqu'ils furent en fa préfence,
le corbeau prit la parole avec un
difcours étudié : Sire, dit-il,
que votre Majefté jouiffe du
fouverain pouvoir avec toute la
fatisfaction qu'elle peut fouhai-
ter. Le chameau, le loup, le renard & moi, vos trés-humbles
efclaves, nous vous fommes in-

fiiniment obligez , du repos dont
nous avons joui jufques à préfent fous votre protection , & en
cette conjoncture fâcheufe que
vous êtes dans le danger évident de mourir , nous ne pouvons mieux vous témoigner notre reconnoiffance , qu'en mettant notre tête & notre vie à vos
pieds , comme nous le faifons
préfentement , en vous fuppliant
d'accepter notre préfent.   En
mon particulier , je la fupplie de
vouloir bien épargner mes camarades , & de remplir fon eftomac de mon corps , tout maigre
qu'il eft , afin qu'en mourant
j'aye la fatisfaction d'avoir contribué à conferver une vie fi
précieufe.

  Le loup & le renard (le chameau fut auffi du même fentiment) fe récrierent que la chair

de corbeau n'étoit pas la nourriture du lion, & quand ce feroit
une viande propre à lui fervir
de mets, que ce n'étoit pas dequoi fatisfaire la faim du Roy.
Ils dirent donc au corbeau de
fe retirer, & de ne pas fe faire
de fefte dans une rencontre où
l'on ne pouvoit fonger à lui. Il
baiffa la tête pour marquer qu'il
fe foumettoit, & fe tut.

Le renard, s'avança : Sire,
dit il, en ces momens que le deftin femble vouloir ravir la vie
de votre Majefté, je ne puis
choifir une occafion plus favorable pour lui marquer mon zele
& ma gratitude : Je fuis content
d'avoir vêcu fi longtemps fous
fes aufpices & fous fa protection.
Dans le dangereux état où elle
fe trouve, je la fupplie avec un
ardent defir de contribuer à fa

confervation, d'agréer que je lui
ferve d'un bon repas, afin qu'elle fe délivre de la faim dont
elle eft travaillée.

Le loup interrompit le renard :
C'eft, dit-il, un excès de zele
& d'affection, qui te fait tenir
ce difcours, pour marquer que
tu n'es pas un ingrat. Mais ta
chair eft puante & nuifible ; &
fi le Roy en mangeoit, fa maladie pourroit augmenter au lieu
de diminuer. Il ne doit entrer
que des viandes délicates dans
la cuifine des Rois ; les viandes
maigres comme la tienne en font
bannies. Comme il vit que le
renard s'étoit retiré : Sire, dit-
il au lion, que le bonheur accompagne toujours votre Majefté ; & que fes ennemis foient
confondus. Je crois être plus
propre que mes camarades pour

lui fervir de nourriture, & j'efpere qu'elle aura un plaifir très-
fatisfaifant en fe repaiffant de ma
chair ; je la fupplie donc d'a-
gréer le facrifice que je lui fais.

Le corbeau & le renard s'é-
crierent que c'étoit auffi l'amitié
& l'affection, qui faifoient parler
le loup en ces termes, mais que
fa chair caufoit un mal de gofier
qui etrangloit. Cela obligea le
loup de fe retirer en arriere.

Alors le chameau s'avança en
allongeant le col avec fa tête à
petite cervelle : Sire, dit-il, que
le ciel vous rende toujours vic-
torieux. Je fuis l'efclave & en
même temps le nourriffon de la
cour de vôtre Majefté. Je fuis
digne de fa cuifine, & d'entrer
dans fon eftomac. C'eft affez dé-
liberer, je la fupplie de ne me
pas épargner, qu'elle difpofe de

I iiij

moi comme il lui plaira, je fuis prêt, & elle me verra mourir avec toute la patience & la constance d'un esclave, qui fait gloire de donner sa vie pour elle.

Le corbeau, le renard & le loup, de concert, donnerent mille louanges au chameau, & le renard qui prit la parole au nom de tous : L'on ne peut, dit-il au chameau, donner un témoignage d'amour & d'affection plus grand que le sacrifice que vous faites, votre chair est exquise & trés-délicate, & votre sang operera plus pour la santé du Roy, qu'une boisson sucrée, & que l'eau de la fontaine de vie. Dieu vous fasse paix, voilà une action de la derniere generosité, de prodiguer comme vous faites votre vie pour votre bienfacteur. En abandonnant le mon-

de de cette maniere, vous laiſſez
après vous la renommée la plus
parfaite que l'on puiſſe imaginer. De toutes les vertus, la ge-
neroſité eſt la plus eſtimable ;
mais le point eſt d'être genereux
juſques à donner ſa vie.

Le lion, le loup, le renard &
le corbeau, ſe jetterent tous a-
lors ſur le chameau, & le miſe-
rable demeurant dans la même
place, ſe laiſſa mettre en pieces
ſans faire aucun mouvement qui
marquât la moindre impatience
nonobſtant les douleurs qu'ils
lui firent ſouffrir. Ainſi le corbeau, le loup & le renard après
le lion, eurent dequoi vivre
longtemps, & attendirent avec
patience le retour de la ſanté du
lion. Cela, ajouta Choutourbeh,
doit ſuffire pour vous marquer
que les médiſans, les calomnia-

teurs & les imposteurs n'aban-
donnent jamais leur entreprise
qu'ils n'en voyent le succés tel
qu'ils le souhaitent, lors particulierement qu'ils agissent de concert.

Mais enfin, demanda l'artificieux Demneh à Choutourbeh,
quelle résolution prenez-vous,
& quel remede prétendez-vous
employer contre ceux que vous
accusez de votre disgrace?

Comme je vous l'ai déja marqué, répondit Choutourbeh, je
vois fort bien que ma perte est
certaine, & que je ne puis l'é-
viter. Il faut pour cela de necessité que je me prépare au combat. Je n'ai pas pour cela la présomption de croire que je serai
victorieux; c'est afin de mourir
au moins glorieusement, en dé-
fendant ma vie autant qu'il me

fera poſſible. Si mon deſtin eſt
de ſuccomber ſous les efforts du
lion, je mourrai avec la gloire
d'avoir fait mon devoir, & je
laiſſerai au monde la mémoire
d'en être ſorti avec courage.
Puiſque ce corps doit perir, je
compte pour beaucoup de mourir dans une bonne réputation,
ſeule choſe qui peut reſter aprés
moy.

Le ſentiment des Sages, repartit Demneh, n'eſt pas cependant que l'on précipite rien, lorſqu'il s'agit de venir aux mains.
Cette voie eſt trop violente, &
il eſt plus ſûr de ne pas recourir
ſi facilement à cette extremité.
il eſt bon, diſent-ils, de diſſimuler dans les inimitiez ; il y
faut de la douceur & de la moderation ; ce ſont des moyens de
les étouffer : la colere, ajoutent-

ils , pour être appaisée , demande des détours. Pour éteindre un
incendie , il faut y jetter de
l'eau & non pas du feu , qui ferviroit à l'augmenter. Pourquoi
emploïer la violence, lorfque l'on
a la moderation pour obtenir ce
que l'on fouhaite ? Confiderez
de plus , que ceux qui fe piquent
de courage & de valeur , ne font
pas état d'un ennemi foible , &
qu'ils n'ont pas la baffeffe de
croire que l'on doit recourir à la
rufe au défaut de la force. C'eft
pourquoi , comme vous fçavez
à quel point le lion eft vaillant ,
& l'impoffibilité où vous êtes de
le vaincre , il eft bon que vous
ayez toutes les précautions imaginables, pour prévenir les fuites dangereufes de fon inimitié.
Gardez-vous de vous expofer à
combattre avec lui. Qui méprife

un ennemi, & s'engage à lui tenir tête, se repent souvent de son imprudence, & c'est ce qui arriva autrefois à la mer pour avoir méprisé les Titavis, qui sont de fort petits oiseaux qui s'élevent & se nourrissent le long des bords de la mer des Indes. En voici l'histoire que vous entendrez avec plaisir.

LES TITAVIS ET LA MER.

FABLE.

DEUX de ces oiseaux, mâle & femelle, continua Demneh, faisoient leur séjour ordinaire sur le bord de la mer. Quand la femelle sentit que le

temps de pondre & de faire leur
nid approchoit : Pour la sureté
de nos œufs, dit-elle au mâle,
songez à choisir un lieu qui soit
propre, afin que nous soyons
hors d'inquiétude, & que nous
n'ayons rien à craindre. Le lieu
où nous sommes, dit le mâle,
est bon, il est si commode & si
agréable, que nous ne pouvons
être mieux ailleurs, & je ne suis
pas d'avis que nous le changions
pour un autre. Vous n'y pensez
pas, repartit la femelle. Si une
fois la mer éleve ses flots, &
emporte nos petits, ne sera-ce
pas un sujet de mortification &
d'affliction pour le reste de notre vie ? Quel remede apporte-
rions-nous à ce malheur ? Je ne
crois pas, repliqua le mâle, que
la mer ait l'audace de nous déclarer la guerre, ni de nous faire

fans fujet l'affront & le déplai-
fir d'engloutir nos petits. Je fçau-
rois bien en prendre vengeance
fi cela arrivoit. Mais votre prévoyance eft mal fondée, & cela
ne peut pas arriver. Jamais, reprit la femelle, on ne doit avoir
la préfomption que vous avez,
de tenir un difcours fi déraifon-
nable & fi dépourvû de bon fens.
Je voudrois bien fçavoir la puiffance que vous avez, & comment vous vous prendriez pour
vous venger de la mer & de fes
vagues, & de quelles armes vous
vous ferviriez pour vous battre
contre elle ? Abandonnez cette
penfée, & cherchez feulement
un lieu où je puiffe pondre fans
danger. Ne negligez pas le confeil que je vous donne. Ceux qui
ne fuivent pas les avis qui ten-
dent à leur bien, trouvent leur

malheur, comme il eſt arrivé à
une tortue, dont je vous prie de
vouloir bien écouter la pitoyable avanture. Rien n'eſt plus
certain, & je l'ai appriſe d'un
bon endroit.

❧❧❧❧❧ ❧ ❧❧❧❧❧

LES
DEUX CANARDS,
ET
LA TORTUE.

FABLE.

DEUX canards & une tor-
tue vivoient dans un étang
avec d'autant plus d'agrément,
qu'il étoit net & bien entretenu,
& la facilité qu'ils avoient de ſe
voir tous les jours, leur avoit
donné

donné lieu de contracter une a-
mitié si étroite, qu'il sembloit
que rien n'étoit capable de les
séparer. En effet, peut-on souhaiter un bonheur plus parfait,
que celui de voir ses amis, & de
passer la vie ensemble dans une
intelligence que rien ne peut
dissoudre ? Un contre-temps
cruel & fâcheux survint neanmoins, qui les mit dans la necessité de se quitter ou de perir.
L'eau de l'étang diminuoit tous
les jours par une secheresse extraordinaire, & les canards s'apperçurent que bientôt les moïens
de subsister alloient leur manquer. Quoiqu'avec un grand re-
gret à cause que c'étoit-là le lieu
de leur naissance, cette contrainte
les fit résoudre d'aller chercher
ailleurs une autre demeure. Ils
virent bien que le voyage leur

cauſeroit de la peine ; mais ils
conſideroient qu'il valoit mieux
ſouffrir quelque choſe, que de
perir dans leur pays. Avant que
de partir , ils allerent prendre
congé de la tortue leur bonne
amie, & lui marquerent le ſujet
qui les obligeoit de ſe ſéparer
d'avec elle , avec une triſteſſe
qui faiſoit connoître leur douleur, & la peine que cette ſéparation leur cauſoit. L'un d'eux
prit la parole : Ce ſont , dit-il,
les fâcheuſes circonſtances du
temps qui nous obligent contre
notre volonté , de nous éloigner
de vous. Il n'eſt pas beſoin de
vous en dire davantage. Vous
ſçavez vous-même à quoi l'on
eſt réduit par les dures neceſſi-
tez qu'elles impoſent , lorſqu'il
en arrive d'auſſi preſſantes que
celles-ci.

La tortue fut furprife & affligée de ce difcours : Ah ! dit-elle, en foupirant ; quelle nouvelle affligeante m'annon- cez-vous? Comment penfez-vous que je puiffe vivre fans vous, que je regarde comme l'ame qui me fait vivre? Non, je fais état de mourir fi vous me quit- tez. Je fens que je n'ai pas la force de vous dire adieu, jugez comment je fupporterai l'afflic- tion de ne vous plus voir ? Cette penfée m'accable.

Vous devez croire, repartit un des canards, que nous ne fouffrons pas moins que vous. Mais voilà la difette d'eau qui nous réduit à la derniere extre- mité, & pour peu que nous ref- tions ici, notre vie eft en dan- ger. C'eft cela qui nous con- traint de la fauver par la fuite &

par l'éloignement. Si ce n'étoit cet obstacle, jamais nous ne nous résoudrions de nous séparer d'une amie comme vous, ni de l'abandonner d'un propos déliberé. Cela ne nous seroit pas plus possible, qu'il l'est à un amant de s'éloigner de son amante, lorsqu'il lui a donné son cœur.

Mes chers amis, repliqua la tortue, je ne suis pas moins interessée que vous dans la disette d'eau, & je suis perdue si-tôt que l'étang sera entierement desseché. Faites-moi une grace, je vous en conjure, par notre ancienne amitié, ne me laissez pas en ce lieu de misere, prenez-moi avec vous & me menez où vous allez. Vous êtes mon ame, & vous partez : Lorsque vous serez partis, que deviendra ce corps?

Chere & ancienne amie, reprit le canard qui venoit de parler, nous vous répetons que c'est
avec la derniere douleur que
nous vous abandonnons. En
quelqu'endroit que nous allions,
notre repos sera toûjours troublé par votre absence, & la seule
chose que nous souhaiterions au
monde, ce seroit d'être en votre
compagnie, & de jouir de votre
entretien. Mais comment voulez vous que nous fassions ? Con-
siderez la peine & la difficulté
que ce seroit pour nous, avec
notre corps pesant & nos pieds
foibles, de marcher avec vous
par monts, par vallées, & par des
deserts. D'un autre côté vous ne
pouvez pas aussi voler avec nous.
De la sorte, soit que nous vou-
lions vous suivre, ou que votre
intention soit de venir avec nous,

nous ne pouvons pas aller de compagnie.

Vous avez l'esprit libre, insista la tortue, c'est à vous d'imaginer quelqu'expedient. Je ne puis y penser troublée comme je suis ; & dans une conjoncture si malheureuse & si imprévue, un esprit agité comme le mien, n'est pas capable d'application. Quand les deux canards virent que la tortue desiroit si ardemment de n'être pas séparée d'avec eux, ils consulterent ensemble sur le moyen de partir de compagnie, & ils crurent l'avoir trouvé : Réjouissez-vous, lui dit un des canards, nous avons un expedient pour vous tirer d'ici avec nous ; mais il y a du danger pour vous, & il ne s'agit pas moins que d'être brisée & mise en petits morceaux, si vous n'obfervez pas ce que nous avons imaginé pour vous en préferver.

Seroit il poffible, repartit la tortue, que je n'obfervaffe pas une condition qui doit être pour mon bien, & que pour ma confervation je ne tinffe pas une promeffe que je vous aurai faite? Je vous promets donc d'obferver exactement ce que vous me direz.

Ce que nous exigeons de vous, reprit le canard, lorfque nous vous porterons en l'air de la maniere que nous avons imaginée, c'eft que vous ne faffiez aucun mouvement de vos pieds, que vous ne vous effrayez pas de la hauteur où nous ferons obligez de vous élever dans l'air, & que vous ne vous avifiez point d'ouvrir la bouche pour parler, parce que ceux qui nous apperce-

vront, ne manqueront pas de
criailler & de faire mille chofes
pour traverfer notre deffein.
Pour tout le bruit du monde, &
pour toutes les démonftrations
que l'on fera, il ne faut pas cependant que vous faffiez aucun
mouvement contre votre promeffe, ni que vous ouvriez la
bouche pour leur répondre ni en
bien ni en mal.

Je ferai obeiffante, repliqua
la tortue, non - feulement pour
cette fois ; mais encore toute ma
vie, & je vous jure que je ne
ferai rien contre votre volonté,
que je n'aurai point de frayeur,
& que je ne dirai pas un mot à
qui que ce foit.

Ces précautions prifes, les
deux canards fe munirent d'un
bâton d'une groffeur raifonna-
ble, proportionnée au poids qu'ils
devoient

devoient porter, le préſenterent
à la bouche de la tortue : Prenez, tenez ferme avec les dents,
lui dit un des canards, & ne lâ-
chez pas que nous ne vous
ayons mis à bas, au lieu de la
demeure que nous allons chercher. Les deux canards prirent alors le bâton chacun par
un bout, s'éleverent en l'air &
partirent. Comme dans leur
route ils paſſoient au haut d'un
village, les villageois qui les apperçurent, hommes, femmes,
enfans, grands & petits, forti-
rent de leurs maiſons pour voir
un ſpectacle ſi extraordinaire,
& s'écrierent de tous les côtez
avec admiration : Voyez les
merveilles, deux canards qui
portent une tortue : miracle ! Et
parce qu'ils n'avoient jamais rien
vû ni entendu de ſemblable, &

que jamais ils ne se fussent imaginez que la chose dût arriver,
leurs cris augmentoient de plus
en plus. La tortue garda le silence quelque temps ; mais enfin la
patience lui échapa, elle voulut
ouvrir la bouche pour s'écrier
contre ces bonnes-gens, qu'elle
croyoit porter envie à l'élévation
où elle se trouvoit : mais elle
n'eut pas le temps de leur en faire
des reproches, elle tomba en
terre si rudement, qu'elle en fut
étouffée & écrasée. Les canards
alors laisserent tomber le bâton,
& l'un d'eux lui cria : Insensée
& petite cervelle que vous êtes ;
les amis n'ont que des conseils à
donner ; c'est à ceux qui les reçoivent de les écouter & de les
suivre, s'ils ont du bon sens, &
lorsque les Sages parlent, c'est
afin que l'on execute ce qu'ils

disent. Vous pouvez apprendre
de-là, ajoûta la femelle, que
ceux qui ne suivent pas les conseils de leurs amis, travaillent
eux mêmes à leur propre perte.

Cela est fort bon, repartit le
titavis mâle, je comprens toute
la consequence que l'on en peut
tirer; mais ne craignez rien.
Ceux qui comme vous s'ef-
frayent de la moindre chose, sont
dans des inquiétudes continuelles, & jamais les soupçonneux
& les craintifs ne sont en repos.
La mer avec ses vagues nous
sera favorable, elle sçait que
nous ne manquons pas au respect
que nous lui devons, ainsi elle
ne fera rien qui puisse lui attirer notre colere.

La femelle contrainte de ceder, commença à faire ses œufs,
& quand elle eut achevé, elle

& le mâle les couverent chacun
à leur tour. Mais quelque tems
après que les petits furent éclos,
la mer s'enfla si extraordinaire-
ment, que les vagues couvrirent
& entraînerent le nid avec les
petits. La femelle en fit une grande querelle au mâle. Opiniâtre,
lui dit-elle, je le sçavois bien,
qu'il ne falloit se fier ni à l'eau
ni à l'air. Pourquoi êtes-vous la
cause de la privation de ce que
nous avions de plus cher, & que
les flots ont absorbé & englouti
notre petite famille ? Voyons
présentement ce que vous ma-
chinerez pour y remedier.

Vos reproches, répondit le
mâle, ne me touchent pas. Je
veux tenir ma parole, & je sçai
de quelle maniere tirer raison
de la mer & de ses vagues. En
disant cela il partit, & alla chez

tous les oiseaux dont il fit affem-
bler les principaux chefs de toutes les efpeces, & après avoir ra-
conté le fujet de fes plaintes :
Vous connoiffez, dit-il en im-
plorant leur fecours, la grandeur
de mon affliction, par le récit
que vous venez d'entendre. Je
vous demande que vous me foïez
favorables, & que vous m'aidiez
de votre protection. Si vous ne
vous liguez tous enfemble pour
obliger la mer de me faire juftice, votre indolence & votre negligence lui enfleront le courage, & lui donneront l'audace
une autre fois de faire le même
traitement aux petits des autres
oifeaux vos confederez. Si cela
arrive, vous devez vous attendre
à une deftruction totale de leurs
efpeces, à moins que dès à préfent ils ne prennent la réfolution

de ceder la place, & d'aller s'é-
tablir ailleurs.

Les oiseaux surpris & touchez
de ce discours, allerent en corps
à la cour du Griffon, Roy de
tous les oiseaux, qui leur accorda l'audience qu'ils lui firent demander. L'un d'eux prit la parole au nom de tous, & exposa
le sujet qui les avoit obligez de
venir : Si votre Majesté, ajoûra
t-il, a compassion des mauvais
traitemens faits à ses sujets, &
si elle est dans la résolution de
châtier ceux qui les ont offensez, nous la reconnoissons pour
le souverain monarque des oiseaux, & pour le digne genera-
lissime des armées du grand Sa-
lomon. Mais si vous aviez la du-
reté de negliger la vengeance
des offensez, & de refuser de
détruire ceux contre qui ils ont

un fujet de plainte fi jufte ; nous
vous déclarons avec douleur ,
que nous ferions contraints de
vous dépouiller de la fouveraine
puiffance , & de la tranfporter
à un autre qui feroit plus exact
à en faire la fonction. Nous ef-
perons que vous ferez attention
à l'équité de notre remontrance ,
& que vous ne nous réduirez
pas à la dure neceffité de manquer au refpect que nous vous
devons.

Quoiqu'il y eût beaucoup de
hardieffe dans cette harangue ,
le griffon neanmoins l'attribua
au zele des oifeaux , plûtôt qu'à
un efprit de révolte , & les é-
couta favorablement. Il ne fe
contenta pas de les affurer fim-
plement de fa protection , il partit en même temps à leur tête ,
& prit la route de la mer des

L iiij

Indes, dont il borda le rivage
avec l'armée puiſſante & nom-
breuſe des oiſeaux, tous animez
& bien réſolus de faire leur devoir de leur bec & de leurs
griffes.

A l'arrivée du griffon, le ze-
phyr qui mettoit les vagues en
mouvement, en apprit la nouvelle à la mer, & la mer qui ne
connoiſſoit pas moins la puiſſan-
ce & l'animoſité des oiſeaux,
que l'impuiſſance où elle étoit de
ſoutenir la guerre qu'ils lui a-
voient déclarée, fit ſon accom-
modement, & rendit les petits
titavis, dont elle avoit épargné
la vie en les entraînant dans
leur nid.

Si foibles que ſoient les ennemis, ajouta Demneh, vous voïez
par là que jamais il ne faut les
mépriſer. L'aiguille toute petite

& déliée qu'elle est , perfection-
ne des ouvrages, dont les piques
avec leur grandeur & leur groffeur , ne peuvent venir à bout.
Les Philofophes moraux affu-
rent auffi, que mille amis ne fuf-
fifent pas pour s'oppofer à un
feul ennemi. L'on dit de plus ,
que ce n'est pas affez d'amis ,
d'en avoir mille , & que c'est
trop d'ennemis d'en avoir un
feul.

Afin de ne point paffer pour
un ingrat, dit Choutourbeh en
reprenant la parole, je ne com-
mencerai pas les actes d'hoftili-
tez le premier. Mais fi le lion
m'attaque, je ferai tout ce qui
fera en mon pouvoir pour défendre ma vie, afin que l'on con-
noiffe que je ne fuis pas un lâche, & que je ne manque ni de
cœur, ni de courage.

Demneh ravi de voir Chou-
tourbeh dans cette résolution,
dit pour l'y fortifier, lorsque
vous verrez que le lion se levera
de son seant, qu'il marquera la
terre de ses ongles ; qu'il la fra-
pera de sa queue ; qu'il renifle-
ra, qu'il rugira, & qu'il aura
les yeux élevez & enflammez,
sçachez que cela s'adressera à
vous, & qu'il aura résolu votre
mort. Je vous suis très-obligé,
repartit Choutourbeh, je ne
feindrai pas je vous assure, à la
moindre de ces marques, & l'on
ne me verra pas reculer en arriere, je donnerai d'abord sur
lui.

Demneh laissa Choutourbeh
dans ce sentiment où il avoit
desiré de le voir, & après avoir
pris congé de lui, il se retira
avec joie & en riant en lui-mê-

me, du bon acheminement de
ses fourberies. De chez Choutourbeh, il alla rejoindre Kelileh, & Kelileh lui demanda: Eh
bien, comment vont vos affaires? Où en êtes-vous avec Choutourbeh? Je rends graces au
ciel de mon bonheur, répondit
Demneh, tout va le mieux du
monde, je me suis mis l'esprit
dans une tranquillité entiere,
& j'ai réussi avec toute la facilité imaginable. Par ces paroles,
il fit connoître la disposition de
son cœur, & la joie interieure
dont il jouissoit. Mais par la tem-
pête qui s'éleva contre lui, le
temps fit connoître la verité de
la Maxime, qui dit, que ceux
qui se réjouissent seroient heureux, si leur joie étoit constante, & si elle duroit toûjours.

Kelileh & Demneh ne pous-

ferent pas la converfation plus
loin ; ils partirent enfemble pour
aller faire leur cour, & Choutourbeh arriva prefqu'en même
temps qu'eux. Selon la leçon de
Demneh, de fi loin que le lion
apperçut Choutourbeh, il commença de prendre un air de gra-
vité, d'armer fes yeux de colere, & de répandre en même
temps la frayeur autour de lui,
en éguifant fes ongles & en grin-
çant des dents.

Choutourbeh connut fort bien
fon malheur à toutes ces marques, & il ne douta pas qu'il ne
fût au dernier moment de fa vie.
Il avança courageufement vers
le lion, & après qu'ils fe furent
donnez de part & d'autre les
fignes dont Demneh les avoit
prévenus, il y eut un fanglant
combat entre eux ; la furie fut

fi grande, qu'ils firent trembler
tous les lieux des environs par
leurs cris effroyables.

Pendant que tous les animaux
étoient attentifs à ce spectacle,
Kelileh avoit tiré Demneh à
part, & lui faisoit de sanglants
reproches sur ce qui se passoit :
Malheureux, lui dit-il, c'est
donc vous qui êtes la cause de
cette sanglante catastrophe ? Ne
vous appercevez-vous point de
la fin malheureuse qui vous attend ? Quelle fin malheureuse
appercevez-vous vous-même,
repartit Demneh, je ne vois rien
en ce qui se passe dont je doive
m'affliger.

Vous êtes l'auteur de cette affaire, reprit Kelileh, & en allu-
mant ce feu, vous avez manife-
stement commis des fautes irré-
parables. Premierement, sans

qu'il y eût aucune neceffité,
vous avez engagé votre bienfacteur dans le danger où il eft
préfentement de perdre la vie.
En fecond lieu, vous manquez
à la reconnoiffance des obliga-
tions que vous lui avez, en le
jettant dans une infamie irréparable, par une action de cette
violence & indigne de lui, que
vous lui avez fait commetre. En
troifiéme lieu, vous êtes caufe
de la mort & de la perte de
Choutourbeh fans fujet. En
quatriéme lieu, vous êtes vous-
même fon affaffin, & coupable
de fa mort. Cinquiémement,
vous donnez occafion à tous les
fujets du Roy, d'entrer en des
foupçons très-défavantageux à fa
Majefté; peut-être même qu'ils
l'abandonneront tous, fe retire-
ront ailleurs, & préfereront tout

ce qu'un exil a de plus affreux,
aux suites fâcheuses qu'il auront
sujet de craindre. En sixiéme
lieu, vous faites perir le chef de
l'armée de sa Majesté, & vous
êtes responsable du désordre qui
en naîtra. Vous faites voir vous-
même, enfin, votre foiblesse &
votre peu de courage, par les
moyens bas & indignes dont vous
vous êtes servi pour arriver à
votre but. Vous m'aviez fait entendre que la chose se passeroit
avec douceur, & vous avez fait
tout le contraire. Après cela,
n'ai-je pas raison de vous demander, si vous ne voyez pas la fin
qui vous attend ? La sédition
dort, dit le Proverbe, & Dieu
maudit celui qui la réveille. Mais
cette menace n'a pas été capable
de vous toucher.

Vous n'avez peut-être pas en-

tendu dire, repliqua Demneh,
qu'il faut employer la force, où
l'efprit ne fournit pas de moyens.

Cette réponfe, reprit Kelileh, ne juftifie pas votre conduite. Il ne paroît pas que vous
ayez employé tous les moyens
dont votre efprit étoit capable,
comme vous le prétendez. Vous
avez été droit à la violence comme au moyen le plus prompt
pour ruiner d'abord toutes les
loix de l'amitié. Vous n'ignorez
pourtant pas, que la prudence
eft au deffus de la valeur, &
que le Sage fait plus par fes paroles, qu'il n'opereroit à la tête
de l'armée la plus puiffante & la
plus invincible. J'ai toûjours connu par vos belles entreprifes,
que vous êtes enyvré d'amour
propre. Je m'imaginois qu'à la
fin vous reviendriez de cet éga-
rement,

rement, & de cet aſſoupiſſement
épouvantable. Mais puiſque vous
y perſiſtez, il eſt temps que je
vous reproche votre inſenſibilité
inouïe, & que je vous mette devant les yeux quelques-unes de
vos infamies. Elles ſont en trop
grand nombre pour entreprendre de vous les repréſenter toutes. Mais je puis vous en faire
reconnoître quelques-unes plus
clairement que le jour.

Demneh interrompit Kelileh
en cet endroit : Je ne doute pas,
dit-il, que je n'aye dit & fait un
grand nombre de choſes inutiles
depuis que je ſuis au monde,
l'amitié demande que vous m'a-
vertiſſiez de ce que vous en avez
remarqué.

Vos vices, reprit Kelileh, vos
égaremens & vos méchancetez,
comme je vous l'ai déja dit, ſont

en si grand nombre, qu'il seroit difficile d'en faire un dénombrement exact. Unde vos plusgrands défauts, c'est celui de croire que vous n'en avez pas, & de dire toujours beaucoup plus que vous ne faites. L'endroit cependant par où un Monarque reçoit le plus de dommage, c'est lorsque les actions de leurs Ministres ne répondent pas à leurs paroles. L'on est partagé en quatre classes differentes en ce qui regarde les paroles & les actions. Les uns disent & ne font pas, & ce sont des calomniateurs & les méchans de profession. D'autres ne disent rien & agissent puissamment, & c'est ce que pratiquent les honnêtes gens. D'autres disent qu'ils agiront, & agissent en effet dans le temps, ceux-ci ne sont pas si estimables que les précedens;

mais au moins ils tiennent leur
parole. Les derniers, enfin, ne
difent ni n'agiffent, & ce font
ceux qui n'ont ni courage ni
élévation d'efprit. Pour vous,
vous êtes de ceux qui difent
qu'ils agiront, & ne font rien de
ce qu'ils avancent. Et pour ne
rien déguifer, après avoir bien
examiné votre conduite & toutes vos manieres, je trouve non
feulement que vous dites beaucoup plus que vous ne faites ;
mais même que fous l'apparence
d'une grande vertu, vous cachez
une infinité de défauts. Le lion
perfuadé par vos difcours pernicieux, a fait une entreprife dont
l'execution va mettre tout ce
pays en défordre, troubler le repos de tous fes fujets & caufer
leur perte. Tout cela ne fe fera
pas fans mille maledictions, qui

tomberont toutes sur votre tête, & par l'événement vous verrez que ceux qui ne font que du mal, finissent malheureusement; & que rompre les branches de l'arbre, c'est s'ôter à soi-même l'espérance d'en manger le fruit.

Pour se défendre & s'excuser sur tous les points : Le Roy, dit Demneh, m'a choisi pour l'aider de mes conseils, en qualité de Vizir & de Ministre. J'ay suivi mon devoir, & je lui ai insinué ce qu'il m'a parû qu'il pouvoit faire de plus avantageux pour la conservation de sa personne.

Allez, repartit Kelileh, vous mériteriez avec votre fausse éloquence, que la terre s'ouvrît pour vous engloutir. Votre dessein étoit formé, & votre intention étoit que le Roy entrât dans

vos sentimens, & qu'il servît
d'instrument à votre passion.
Comment vouliez - vous que le
Roy fît une bonne action, pendant que votre conseil tendoit
à lui en faire faire une méchante ? Ce que vous sçaviez étoit
bien meilleur, & vous ne deviez
pas le lui cacher. Mais la science sans la pratique, est comme
la cire separée du miel, & comme un tronc d'arbre sec & pour-
ri, qui n'est bon qu'à être jetté
au feu. La science doit être con-
siderée comme un arbre, & la
pratique comme le fruit qu'elle
porte. Cinq choses, selon les Phi-
losophes, ne sont d'aucune utilité, la parole sans effet, les richesses sans œconomie, la science sans les bonnes mœurs, l'au-
mône faite sans intention & hors
de propos, & la vie sans la santé.

Un Roy peut de lui même, être
un Monarque rempli de justice,
& éloigné de toute tyrannie ;
mais un Vizir mal intentionné,
& d'un naturel dereglé, n'est
que trop capable d'empêcher
que cette justice ne se fasse
ressentir par les sujets, & que
jamais leurs maux ne puissent
venir à la connoissance du Prince, en leur fermant les voies de
lui en faire des remontrances.
En cela, leur sort est semblable
à celui d'un homme pressé de la
soif, qui s'approche d'une riviere ; mais qui y apperçoit un
crocodile, dont la vûe lui ôte la
hardiesse de puiser de l'eau pour
boire.

De tout temps, dit encore
Demneh pour sa défense, mon
dessein a été d'arriver au bonheur d'avoir la faveur d'un Prin-

ce, & je loue Dieu de ce que je
suis venu à la fin de mon souhait
par le poste que j'ai auprès du
Roy. En y entrant ma vue a été
de servir, comme je le devois,
celui qui m'a fait l'honneur de
me recevoir en ses bonnes graces, de lui être fidele, d'être
assidu à lui faire ma cour, & de
me rendre digne de sa protection, & je crois y avoir réussi.

Là dessus, dit Kelileh, les
Ministres les plus éclairez & les
plus capables de remplir leur
dignité, s'appliquent sur toute
chose, à rendre la cour de son
Souverain éclatante & nombreuse. Mais votre unique application est d'éloigner tout le
monde d'auprès de la personne
du Roy, & de faire un desert
de sa cour, afin que vous soyez
le seul qui approche de lui, &

que perſonne que vous n'ait la
liberté de lui parler. Pour ne
vous pas flater, cette maniere
d'agir eſt la plus haute folie que
l'on puiſſe imaginer ; en effet,
il n'eſt pas poſſible d'empêcher
qu'un Prince abſolument n'ait
communication avec perſonne.
Ne vous y abuſez pas, il en eſt
des Princes comme des beautez.
Plus une beauté a d'amans, plus
elle a de gloire. De même, plus
la cour d'un Prince eſt nom-
breuſe, & plus il y a de courtiſans, plus le Prince eſt eſtimé &
conſideré. Je vous le répete encore, cette paſſion dereglée de
poſſeder le Prince vous ſeul, à
laquelle vous vous êtes abandonné, eſt une marque de l'excés
de votre folie : & de cinq ſortes
de folies que les Philoſophes ont
remarquées, la vôtre eſt de la
premiere

premiere classe. C'est, disent-
ils, être fou, que d'établir son
bonheur sur le malheur d'autrui,
d'entreprendre de se faire aimer
des dames par la rigueur & par
des marques de haine, plûtôt
que d'amour; de prétendre devenir savant au milieu du repos & des plaisirs; de chercher
de l'amitié en négligeant les devoirs d'ami, & enfin, lorsqu'on
est ami, de ne vouloir se sou-
mettre à aucune des choses, dont
les amis peuvent avoir besoin.
L'excès de bonté & d'amitié que
j'ai pour vous, fait que je vous
dis tout ceci; je sçai fort bien
neanmoins que mes remontrances ne feront pas d'impression
sur votre esprit, & que mes conseils ne sont pas capables de dissi-
per les tenebres épaisses, que
l'insensibilité, la haine & l'envie

forment autour de votre cœur.
Mais de même que de l'eau, ſi
claire qu'elle puiſſe être, n'eſt
pas capable de blanchir du drap
teint en noir ; de même auſſi rien
n'eſt capable de faire changer
un méchant naturel comme le
vôtre: Quelqu'effort que je faſſe
pour vous faire rentrer en vous-
même, il eſt de moi comme de
celui qui s'efforçoit de perſuader
à un oiſeau, de ne perdre pas la
peine à donner des conſeils, &
ne put gagner ſur lui qu'il ſe tut,
ce qui fut cauſe que l'oiſeau
trouva ce qu'il ne cherchoit pas.
Demneh pria Kelileh de lui ex-
pliquer cet enigme, & Kelileh
le ſatisfit en la maniere ſuivante.

꙳꙳꙳꙳꙳꙳꙳꙳꙳꙳꙳꙳꙳꙳꙳

LES SINGES,
L'OISEAU,
ET
LE VOYAGEUR.
FABLE.

UNE troupe de singes, à ce que l'on rapporte, faifoient leur demeure fur une montagne où ils trouvoient des vivres en abondance. Une nuit, à l'entrée de l'hyver, un aquilon terrible & extraordinaire vint troubler leur repos; il ne glaça pas feulement l'eau dont ils buvoient, il les faifit même d'un froid fi cuifant, que peu s'en fallut que leur ame ne demeurât gelée dans

leur corps. Dans l'embaras où
ils se trouvoient , le lendemain
dès qu'il fut jour, ils cherche-
rent un abri contre le froid &
contre la neige qui commençoit
de tomber, & dans leur chemin
par hazard, ils rencontrerent un
morceau de cristal qui brilloit,
ils crurent que c'étoit un char-
bon de feu, ils amasserent du
bois à l'entour , & se mirent à
souffler pour le faire allumer &
se chauffer. Un oiseau les vit dans
cette occupation de dessus un
arbre voisin: Mes amis, leur cria-
t-il, à quoi vous amusez-vous?
Quittez votre dessein, ce que
vous croyez être du feu n'en est
pas. Vous ne l'échaufferez jamais. Vous faites la même chose
que si vous vouliez étendre du fer
à sec , & amollir une pierre naturellement dure. L'oiseau parla

tant qu'il lui plut, les finges ne
ceſſerent pas de ſouffler.

Un voyageur qui paſſa par cet
endroit-là , s'arrêta pour être
ſpectateur de cette ſcene , &
voulut perſuader à l'oiſeau que
ſes conſeils étoient inutiles par la
connoiſſance qu'il avoit de l'in-
docilité , & de l'opiniâtreté des
finges : Ecoute , lui dit-il, je le
pardonne à ta ſimplicité ; mais
croi-moi , épargne-toi la peine
que tu te donne , tes conſeils
ſont inutiles , & tu altere tes
poumons mal-à-propos. Malgré
tes diſcours , les finges ne ceſſe-
ront pas leur entrepriſe , ne te
tourmente donc pas davantage.
Tu fais la même choſe que ſi tu
ſemois de la graine de colloquinte , pour faire venir des cannes
de ſucre , & que ſi tu voulois
faire de la theriaque avec du ſu-
blimé.   N iij

L'oifeau obftiné laiffa dire le
voyageur. Comme il crut qu'il
étoit trop éloigné, & que les finges ne l'entendoient pas, de ten-
dreffe qu'il avoit pour eux, il
defcendit de branche en branche pour leur parler de plus près,
& les tirer s'il pouvoit, de la peine où ils étoient. Les finges qui
virent qu'il approchoit, allerent
au pied de l'arbre, & avant qu'il
eût mis pied à terre, ils lui fepa-
rerent la tête d'avec le corps.
Vous pouvez vous reconnoître
en cette hiftoire, ajoûta Kelileh.
Pour moi je perds mon temps
inutilement, en voulant vous
mettre dans le bon chemin. Il
n'y a pas efperance que vous
vous corrigiez. Je ne fçai même
fi je ne m'attirerois pas quelque
malheur, en vous parlant fi librement.

Le foupçon que vous avez de
moi, reprit Demneh, me fait
injure. Je ne fuis pas tellement
plongé dans le vice, qu'il ne me
refte quelque fentiment d'honneur. Vous fçavez que l'on a
toûjours donné les confeils les
plus défagréables en fûreté, à
ceux qui n'en font pas entierement dépourvus. Je vous fupplie
de croire que je fuis encore de
ce nombre. Ufez-en envers moi
comme vous en useriez envers
eux, & dites-moi toutes chofes
avec liberté, quand même je ne
devrois pas en profiter.

Je ne me laffe pas, repart Kelileh, de vous dire ce qui vous
eft avantageux. Mais quel fruit
puis-je en efperer, dans le temps
que vos affaires font dans un fi
mauvais état, que vous avez
vous-même creufé votre ruine

N iiij

par vos intrigues frauduleufes; & ce qui eft le plus étonnant, dans le temps que vous êtes dans les mêmes penfées, fans vouloir en démordre. Vous vous repentirez un jour, vous vous affligerez, & vous vous reprocherez à vous-même le mal que vous avez fait, mais ce fera inutilement. Ceux qui cabalent pour détruire les autres fans en prévoir les fuites, tombent dans l'ignominie, & enfin dans une perte irréparable. C'eft ce qui arriva à Tizouche qui avoit infiniment de l'efprit, mais qui s'en fervoit à des rufes & à des fourberies, pendant que fon compagnon de voyage, qui n'avoit ni efprit ni fineffe, acquit la gloire qu'il meritoit par fa droiture & par l'uniformité de fes actions. L'hiftoire que je veux bien vous en dire, devroit vous fervir d'exemple.

es
an
le
en
rez
z,
us
ali
eux
les
es,
en
le
he
it
fes
ue
qui
ic
ar
ité
je
it

LES DEUX VOYAGEURS.

FABLE.

DEux habitans d'une même ville, firent societé ensemble, & se mirent à voyager dans l'intention de negocier de compagie. Le premier qui se nommoit Tizouche, conformément à la signification de son nom, qui est Persien, avoit l'esprit fin, subtil & penetrant ; & le second qui s'appelloit Hazim, suivant la signification du sien, qui est Arabe, l'avoit simple, mais droit & ferme dans ses résolutions. Dans leur route, aprés avoir marché quelques journées, ils

trouverent un sac plein de monnoye d'or, dont la somme étoit
si considerable, qu'il n'en falloit
pas davantage pour faire la fortune de deux marchands aussi
médiocres qu'ils l'étoient l'un &
l'autre.

Sur cette bonne rencontre:
Camarade, dit Tizouche à Hazim, une infinité de gens, après
s'être bien donnez de la peine
pour y parvenir, n'ont pas fait
une si grosse fortune que celle
que nous venons de faire. Sans
nous fatiguer davantage & sans
aller plus loin, je suis d'avis que
nous abandonnions le dessein de
voyager, que nous nous con-
tentions de la bonne fortune que
nous venons de trouver, & que
nous retournions chez nous avec
ce trésor. Il nous arrive le contraire de ceux qui se tuent le

corps & l'ame pour devenir riches. Les richeſſes ne leur viennent qu'après avoir beaucoup
ſouffert , & nous voilà riches
dès le commencement de notre
travail. Croyez-moi , ne paſſons
pas outre , nous ferons beaucoup
plus ſagement de rebrouſſer chemin. Hazim conſentit à ce que
Tizouche voulut , & ils retour-
nerent ſur leurs pas. Lorſqu'il
furent environ à une journée de
leur ville : Puiſque notre voyage va finir , dit Hazim à Tizouche, & qu'il en ſera de même
de notre ſocieté , partageons ce
tréſor également entre nous
deux , afin que nous jouiſſions
chacun de notre portion , & que
nous en diſpoſions comme bon
nous ſemblera.

Tizouche ſongeoit à tromper
ſon compagnon : Cette propoſi-

tion de partage, répondit-il, ne convient pas à la durée de notre focieté dont je m'étois flatté. Sans venir fi-tôt à cette extremité, il me femble que nous ferions mieux de prendre chacun ce qui peut nous être neceffaire pour le préfent, & de cacher le refte en quelque lieu de fûreté, pour le conferver & en prendre de même fuccessivement de temps en temps, afin qu'il nous dure davantage.

Hazim qui trouvoit bon tout ce que l'on vouloit, fe laiffa tromper par ce difcours. Ils tirerent du fac chacun une portion égale, affez mediocre, & ils enterrerent le refte au pied d'un arbre à une petite diftance de la ville, où ils arriverent, & fe retirerent chacun chez foi.

Quelques jours après, Tizou-

che , fans en donner avis à Hazim , part de grand matin & va
déterrer le tréfor, qu'il emporte
pour lui feul. Hazim n'eut pas
pas le moindre foupçon de la
fraude de Tizouche, & lorfqu'il
eut achevé de dépenfer , felon
fes befoins , la fomme qu'il avoit
eu en partage , il alla trouver
Tizouche : Mon ami, lui dit-il,
allons prendre chacun une autre portion, je n'ai plus rien de
la premiere, & j'ai grand befoin
d'argent. Tizouche diffimula le
vol qu'il avoit fait : Que vous en
ayez befoin , répondit il , ou que
vous n'en ayez pas befoin, cela
n'importe, allons , partons. Ils
partirent enfemble fur le champ,
& fe rendirent au pied de l'arbre ; ils fouillent, ils cherchent,
& ne trouvent rien après beaucoup de peine. Tizouche eut

l'effronterie de prendre Hazim
au collet: C'eſt toi, lui dit-il,
qui a pris cet or, perſonne que
toi ne ſçavoit qu'il fût caché en
cet endroit. Hazim s'écria auſſi-
tôt qu'il ne ſçavoit ce que c'é-
toit, & fit des efforts pour faire
quitter priſe à Tizouche; mais
Tizouche le tint ferme, & le
mena par force devant le Cadis,
auquel il fit ſa plainte, & demanda juſtice.

Hazim nia le fait conſtam-
ment, jura que c'étoit une pure
calomnie, & qu'il étoit innocent
du vol dont il étoit accuſé. Le
Cadis demanda des preuves à
Tizouche: Seigneur, répondit-
il, je n'ai pas d'autre témoin que
l'arbre au pied duquel le tréſor
a été enterré. Quoiqu'il ſoit in-
ſenſible & muet, la confiance
que j'ai ſur la juſtice de ma cauſe

eſt ſi grande, que j'eſpere neanmoins qu'il prendra la parole
pour rendre témoignage de la
verité contre ce perfide & ce
voleur, qui m'a privé de la part
qui m'eſt due.

Le Cadis embarraſſé par la
hardieſſe de l'accuſateur, con-
deſcendit à prendre la peine d'aller entendre le témoignage qu'on
lui propoſoit. Il donna ordre aux
parties pour ſe trouver le lendemain au pied de l'arbre, où il
ſe rendroit lui-même. Tizouche
raconta l'affaire à ſon pere, &
ne lui déguiſa rien, pas même
la vilaine action qu'il avoit faite.
La confiance que j'ai en vous,
ajoûta-t-il, m'a fait imaginer de
prendre l'arbre pour témoin, &
le bon ſuccés en eſt fondé ſur le
courage & la hardieſſe que vous
aurez en cette rencontre. Pour

peu que vous vouliez m'aider,
non-feulement tout le tréfor nous
demeurera, nous aurons même
la fomme à laquelle Hazim fera
condamné fi nous gagnons notre
caufe, & avec cela nous vivrons
à notre aife & nous n'aurons befoin de rien le refte de notre vie.
Le pere au lieu de reprendre
fon fils d'une action fi noire;
Que faut-il, dit-il que je faffe,
afin que la chofe réuffiffe comme tu l'entends? Mon pere, reprit le fils, l'arbre dont il s'agit
eft creux, deux perfonnes même
peuvent aifément y demeurer
fans être vûs. Il faut que vous
alliez vous cacher cette nuit, &
que demain, lorfque le Cadis
fe préfentera devant l'arbre, &
qu'il le fommera de rendre le
témoignage dont il s'agit, vous
le rendiez dans les termes convenables,

venables , qui marquent que ce
n'eſt pas moi , mais Hazim qui a
enlevé ce tréſor.

Quoique le pere n'eût pas la
conſcience fort délicate , il eut
neanmoins beaucoup de répu-
gnance à condeſcendre à ce que
ſon fils exigeoit de lui. Mon fils,
lui repliqua-t-il , abandonne ce
deſſein de fraude & de tromperie. Tu peux bien tromper la
créature , mais crois-tu que tu
tromperas de même le créateur ?
Je veux que tu impoſe à notre
Cadis , mais avec quel front im-
poſeras-tu au Juge de tout l'U-
nivers ? Celui qui connoît tes
cheveux un par un, & la moindre petite veine de ton corps,
connoît auſſi ton ſecret. Les
fraudes, les fineſſes & les fourberies , retombent toûjours ſur
leurs auteurs , & les couvrent

d'ignominie devant tout le monde. Prens garde qu'il ne t'arrive
la même chose qu'à une certaine
grenouille, qui perit par les mêmes armes dont elle s'étoit servie
pour faire perir un serpent son
ennemi. Je veux te raconter cette
fable , qui peut te servir d'e-
xemple.

LA GRENOUILLE,

LE CANCRE,

ET

LE SERPENT.

FABLE.

UN E grenouille, continua
le pere, avoit choisi le lieu
de sa retraite dans un endroit,

prés duquel un ferpent faifoit
auffi la fienne, de forte qu'ils é-
toient voifins l'un de l'autre.
Mais toutes les fois que la grenouille faifoit des petits, le ferpent s'étoit fait une habitude de
les dérober l'un après l'autre, &
cela caufoit à la grenouille une
douleur inexprimable de fe voir
ainfi privée de la fatisfaction de
les élever. Elle fut un jour trouver un cancre, avec lequel elle
avoit lié une amitié étroite, pour
lui demander confeil, & le prier
de lui enfeigner quelque moyen
qui la tirât hors de peine : Cher
ami, lui dit-elle, je viens implo-
rer votre fecours, j'ai un ennemi terrible & fâcheux, qui
m'impofe une loi la plus dure
que l'on puiffe imaginer. De la
maniere dont je fuis traitée, il
n'eft pas poffible que je puiffe

O ij

refter dans le lieu où je fais ma
réfidence. D'un autre côté, j'ay
de fortes raifons pour ne pas l'a-
bandonner, parce qu'il eft dans
une prairie la plus agreable & la
plus commode du monde pour
vivre à mon aife, par le voifinage d'une fontaine très-pure &
très-claire, dont les environs
font bordez de rofiers, & accompagnez de tant d'autres agrémens, que perfonne, non plus
que moi, ne pourroit fe réfoudre
d'abandonner un lieu comme
celui-là, qui va de pair avec les
jardins du Paradis terreftre. Je
le trouve enfin fi fort à mon gré,
que je ne le quitterois pas pour
un monde entier.

  J'ai compaffion de votre douleur, dit le cancre à la grenouille. Ne vous chagrinez pas davantage, fi fier & fi puiffant que

foit un ennemi, l'on a des moïens pour le terraffer. L'efprit eft capable de bien des chofes, il fait réuffir les entreprifes les plus difficiles, & l'on eft capable de tout, pour peu que l'on ait de génie.

La grenouille conçut de bonnes efperances de ce difcours: Eh bien, demanda-t-elle, par quelle adreffe croyez-vous que je puiffe trouver du fecours dans l'embarras où je fuis? A votre avis, que dois-je faire pour me délivrer d'un ennemi fi cruel?

Un crocodile terreftre, répondit le cancre, qui demeure dans notre voifinage, en un endroit que je vous enfeignerai, fait fes délices de vivre de ferpens auffi bien que de poiffons. Prenez un certain nombre de poiffons, & d'efpace en efpace, peu éloignez l'un de l'autre, difpofez les depuis le trou du crocodile jufques à celui du ferpent, le crocodile mangera les poiffons depuis le premier jufqu'au dernier, & n'épargnera pas le ferpent lorfqu'il fera arrivé à fon trou. Par ce moyen il vous délivrera de lui, & vous vengera de tous les maux qu'il vous a fait.

La grenouille apprit où étoit le trou du crocodile terreftre, executa le confeil du cancre, & fit perir le ferpent par cette adreffe. Mais deux ou trois jours après, le crocodile attiré par la bonne rencontre qu'il avoit faite, fortit de fon trou, & en fuivant la même route qu'il avoit tenue, il ne trouva ni poiffon ni ferpent; par malheur pour la grenouille, il fe détourna un peu à côté, la rencontra elle-même,

& la mangea avec ses petits.
Mon fils, ajoûta le pere, tu
comprens bien par là que la fin
des fourbes est toûjours malheu-
heureuse, que leur sort est de
perir, & que tu t'expose toi-
même à une perte infaillible.

Mon pere, repliqua le fils, ne
m'en dites pas davantage, le
danger n'est pas si grand que
vous le faites. Il y va de mon
honneur de ne pas reculer, nous
n'avons presque rien à risquer,
& nous avons à faire un grand
profit.

Le bon vieillard qui ne vouloit pas désobliger son fils, se
laissa persuader de participer à
son crime, & par son exemple il
fit voir la verité de la Maxime,
qui dit, en s'adressant aux pe-
res : Vos enfans & vos richesses sont cause de vôtre perte. Il

abandonna donc tous les bons
sentimens où il étoit d'abord, &
après avoir donné son consente-
ment à ce qu'il avoit désaprou-
vé, il partit pendant la nuit, &
alla se cacher dans le creux de
l'arbre.

Le lendemain au lever du soleil, le Cadis accompagné des
principaux de la ville, & suivi
d'une grande multitude de peuple, curieux de voir le succès
de cette affaire, se mit en chemin & arriva au rendez-vous.
Il observa les formalitez réqui-
ses, en raportant en peu de mots
l'affirmation de l'accusateur, &
le désaveu de l'accusé, après
quoi ayant sommé l'arbre de dire
la verité, aussi-tôt il entendit
cette voix : *C'est Hazim qui a*
enlevé le trésor, & frustre Tizou-
che de ce qui lui appartenoit.

Le

Le Cadis qui ne s'attendoit pas que l'arbre dût parler, parut d'abord étonné ; comme il s'apperçut neanmoins qu'il étoit creux, il se douta que c'étoit un homme caché qui avoit parlé, & fit voir que la sagesse découvre les secrets les plus cachez. Au lieu de prononcer le jugement que l'on attendoit avec impatience, il ordonna que l'on apportât quantité de bois autour de l'arbre, & que l'on y mît le feu. Le vieillard le laissa allumer ; mais la flamme fut si violente qu'il poussa bientôt de grands cris en demandant quartier. Le Cadis fit aussi-tôt écarter le bois allumé, & le vieillard qu'on tira de sa niche à demi grillé, avoua la chose comme elle étoit, & expira quelques momens après en présence de tout le mon-

de. Le Cadis déclarant alors
Hazim innocent, condamna Tizouche à lui rendre ce qui lui
appartenoit, se contentant d'u-
ne sentence si moderée, parce
qu'il le crut suffisamment châ-
tié par la mort de son pere, &
par la honte & l'infamie qui lui
restoient. Vous voyez, ajoûta
Kelileh, de quelle maniere les
fourberies sont suivies, d'une
fin très-malheureuse, & que le
mal que l'on fait aux autres, re-
tombe ordinairement sur son
auteur.

Il vous est permis, repliqua
Demneh, de donner les noms
de fraude & de fourberie à ma
sagesse & à ma bonne conduite.
Après avoir poussé l'affaire par
mon esprit au point où elle est
vous voyez cependant que je
suis encore au même état & au

même poſte où j'étois, & il ne
m'eſt rien arrivé de ces prédi-
ctions.

Ce que vous dites-là, dit Kelileh en interrompant Demneh,
fait bien voir votre peu de bon
ſens, & que vous avez l'eſprit
borné plus qu'on ne peut le
croire. Je vous le répete encore
une fois, vous verrez dans peu
de temps, l'avantage que vous
aurez remporté de la tromperie
que vous avez faite à votre Roy
& à votre bienfacteur, & le
malheur qui vous arrivera des
calomnies & des impoſtures que
vous avez avancées.

Je ne ſçai pas le mal que vous y
entendez, repliqua encore Demneh, en retournant la choſe comme en plaiſanterie; mais je nevois
pas le grand dommage qu'il y a
d'être un peu double. La roſe

n'est la reine des jardins, que
parce que ses feuilles sont à double face; c'est à dire, également
belles de l'un & de l'autre côté.
Croyez-moi, il y a souvent de
l'avantage à dire d'une manière
& à penser d'une autre. C'est un
moyen assez sûr, pour acquerir beaucoup de biens & de richesses.

N'ayez pas la présomption de
vous comparer à la rose, repartit Kelileh. Vous n'avez pas les
perfections que vous vous imaginez. L'on a plus de raison de
vous comparer à l'épine qui accompagne la rose, vous qui n'ê-
tes propre qu'à causer du mal.

Voilà assez de corrections,
reprit Demneh. Le mal n'est
pas si dangereux que vous le
faites; & du moment que nous
parlons, peut-être que le lion

& Choutourbeh se font raccom-
modez, & qu'ils sont meilleurs
amis qu'ils n'étoient auparavant.

Ce que vous dites ne peut ê-
tre, repliqua brusquement Kelileh ; & vous ne sçavez pas que
trois choses demeurent en l'état
où elles sont, tant que trois choses n'arrivent pas , & qu'elles
changent d'une maniere à ne
plus retourner à leur premier
état , dès que ces trois autres
choses sont arrivées. Premierement, l'eau douce d'une fontaine demeure toûjours douce ,
tant qu'elle ne rencontre pas la
mer ; s'est-elle une fois mêlée
avec l'eau de la mer , elle perd
sa douceur pour toûjours. En
second lieu , la paix subsiste
entre les parens, tout le temps
qu'une méchante langue ne se

mêle pas de mettre la division
entre eux ; dès qu'ils ont écouté
de faux rapports, il ne faut plus
esperer qu'ils s'aiment, ils s'é-
vitent, ils se séparent, & ne se
rejoignent plus. En troisiéme
lieu, la même chose arrive entre les amis. Leur amitié est
constante tout le temps qu'ils
n'écoutent pas, & qu'ils rejet-
tent les rapports que l'on vient
leur faire de l'un & de l'autre ;
mais lorsqu'un envieux est venu
à bout de se faire écouter par
l'un des deux, leur amitié se
rompt & se change en une inimitié irréconciliable. Je veux
que Choutourbeh puisse écha-
per des pattes du Roy des animaux, après cela croyez-vous
en bonne foi que Choutourbeh
puisse jamais se fier aux caresses
& aux honnêtetez du lion, ou

que jamais il rentre en aucun commerce avec lui ? Il suffit qu'il y ait eu de l'inimitié entre eux une seule fois, la plaie leur en seignera longtemps au cœur, à l'un & à l'autre. Souvenez-vous que l'on renoue une corde rompue, mais qu'il reste toûjours un nœud qui joint les deux bouts.

Demneh poussé à bout par la force des discours de Kelileh : Je vois bien, dit-il, que je n'ay pas eu tout à fait raison de faire ce que j'ai fait. Je vous demande si vous êtes d'avis que je fasse une retraite honnête en abandonnant la cour, & que je passe le reste de mes jours hors de l'embarras du monde, sous l'asile de votre amitié & de votre bon plaisir.

Dieu garde, répondit Keli-

leh, que je commette la faute
d'avoir deſormais aucune part
à votre amitié, & que l'envie
me prenne jamais d'avoir encore
commerce avec vous. Dès ce
moment, je regarde votre approche avec frayeur, & je ſens
que mon cœur me reproche la
communication que j'ai avec
vous. Une des choſes que les
Sages recommandent le plus,
c'eſt de ne frequenter jamais les
ignorans ni les méchans; & c'eſt
une maxime qu'il ne faut pas
negliger, lorſque l'on en connoît bien l'importance. Il eſt de
la frequentation des méchans,
comme d'élever & de nourrir un
ſerpent, qui n'épargne pas ſon
bienfaĉteur. Mais de même que
l'on ſent bon en frequentant les
parfumeurs; de même auſſi la
frequentation des ſçavans & des

honnêtes gens embaûme l'ame
par la participation des bonnes
chofes dont on profite en leur
compagnie. Que l'on foit affis
près d'un parfumeur, ou que
l'on touche feulement fes habits,
c'eft affez pour en prendre une
bonne odeur, mais l'on ne gagne
que de la noirceur & de la vi-
lainie prés d'un forgeron & de
fa forge. De plus, quelle fidelité, quelle conftance & quelle
union peut-on attendre de vous,
aprés que vous avez abufé de la
bonté du Roy, qui par l'eftime
& la confideration qu'il avoit
pour vous, vous avoit élevé à un
degré d'honneur & d'éclat, au
deffus duquel vous n'aviez plus
rien à efperer? Vous n'avez d'é-
gard ni à la droiture, ni à votre
propre honneur. Et ma conduite
fera approuvée lorfque l'on fçau-

ra que je m'éloigne d'un ami si
peu digne de mon amitié. Ce
n'est pas un crime de se séparer d'avec un ami. On fait sa-
gement de se priver de le voir,
lorsque son amitié n'est pas réciproque , & qu'il a des passions
opposées. L'on tire de grands
avantages de la frequentation
des bons ; mais la communication des méchans apporte de
grands dommages. Quand on est
parfaitement bien avisé, l'on
frequente les hommes sages,
sçavans , de bonne vie & de
bonnes mœurs, & droits en leurs
paroles, & l'on s'éloigne de la
compagnie des menteurs , des
gens de cabale, des débauchez,
des impies, & de toutes sortes
de gens perdus & vitieux. Si
l'on ne trouve pas d'autre societé
à faire qu'avec eux , il vaut

mieux demeurer chez foi , jufqu'à ce que l'on rencontre un
ami pourvu des qualitez que j'ai
marquées. Mais l'on doit avoir
de grandes précautions avant
que de le recevoir. Tous ceux
qui paroiffent amis ne le font
pas , & fouvent lorfque l'on
croit en avoir rencontré un bon ,
il fe trouve que l'on s'eft trompé.
Parmi plufieurs exemples , cela
arriva à un Jardinier , de qui je
vous raconterai l'hiftoire fi vous
voulez l'entendre.

LE JARDINIER
ET L'OURSE.

FABLE.

UN bon payfan avoit borné
fa petite fortune & l'occu-

pation de fa vie, à la culture
d'un jardin, tant pour fon plaifir particulier, que pour l'utilité
& l'avantage qu'il tiroit des
fruits, qui y croiffoient en abondance, & dans toute la perfec-
tion & bonté qu'il pouvoit fou-
haiter. Il s'y étoit même attaché
avec une paffion fi grande, qu'il
n'en eût pas eu d'avantage pour
pere, mere, femme & enfans.

Il y avoit longtemps qu'il ne
s'étoit éloigné de fon jardin,
lorfqu'il en fortit pour aller prendre le grand air. Dans la pro-
menade qu'il fit, comme il étoit
au pied d'une montagne, d'où
il repaiffoit fes yeux des beautez
que la nature lui offroit, il apperçut une ourfe qui s'éloignoit
de la montagne & des bois, &
venoit vers lui par la plaine. Il
ne s'effraya pas de la voir, il

alla au contraire au devant d'elle
avec confiance, & avec toutes
les démonstrations qu'il put
imaginer pour ne pas l'effarou-
cher, & marquer au contraire
qu'il cherchoit à faire amitié
avec elle. L'ourse de son côté
qui vit quelque ressemblance de
sa figure dans le Jardinier, par
son air sauvage & negligé, s'approcha de lui aux caresses qu'il
lui faisoit.

L'amitié faite entre eux, le
Jardinier reprit le chemin de
son jardin, en attirant l'ourse
par des signes qu'il lui faisoit
de temps en temps, afin qu'elle
le suivît, comme elle le fit. En
arrivant il la regala de fruits ex-
cellens, & cela acheva d'affer-
mir l'amitié entre l'un & l'autre.
Depuis ce temps-là l'ourse n'a-
bandonna plus le Jardinier. Elle

ne le quittoit pas lors même
qu'aprés avoir beaucoup travail-
lé, il se reposoit & s'endormoit
à l'ombre d'un arbre. Alors les
soins qu'elle avoit pour lui, alloient si loin qu'elle se posoit à
sa tête, & éloignoit avec ses
pattes les mouches qui s'appro-
choient pour l'inccommoder au
visage, elle disoit en elle-même
qu'elle ne vouloit pas que des
mouches insolentes lui cachas-
sent un seul moment la vue de
ce qu'elle aimoit. Un jour le
Jardinier s'endormit comme il
avoit de coûtume, & l'ourse prit
son poste & se mit à chasser les
mouches selon sa coûtume. Elle
ne les avoit pas plûtôt chassées
d'un côté, qu'elles retournoient
de l'autre avec importunité,
& toutes à la fois. Elle eut patience quelque temps, lassée

enfin & pouſſée à bout par la
peine que les mouches lui donnoient, elle imagina un moyen
pour faire ceſſer leur jeu, qui
fut de les écraſer toutes enſemble. Elle prit une groſſe pierre
entre ſes deux pattes, & la lâ-
cha avec force ſur la tête du
pauvre Jardinier. Qu'arriva t-
il ? la pierre ne fit pas de mal
aux mouches, mais le Jardinier
en eut la tête écraſée & demeura mort en la même ſituation, &
en la même place où il étoit.
C'eſt à ce propos que l'on a dit
qu'il vaut mieux avoir un ennemi qui ait de l'eſprit, qu'un
ami ignorant & groſſier. Tout
ceci veut dire, ajoûta Kelileh,
que ce ſeroit m'expoſer à perir
miſerablement, que d'être votre
ami plus longtemps. L'amitié des
inſenſez reſſemble à une mar-

mite vuide , qui noircit par le dehors.

Votre difcours eft trop outré, repliqua Demneh , & je ne fuis pas infenfé au point que vous l'avancez, pour ne pas diftinguer ce qui peut caufer du bien ou du mal à un ami.

Je tombe d'accord, repartit Kelileh, que vous n'êtes pas abfolument infenfé à cette extremité ; mais il eft certain que vous avez l'ame noire & de fort méchantes intentions. N'arriveroit-il pas que vous rompriez avec moi à la premiere fantaifie qui vous viendroit en l'efprit , & que vous viendriez enfuite me faire des excufes par mille détours extravagans , comme vous venez de faire au fujet du lion & de Choutourbeh ? Vous agiffez enfin avec vos amis, de même que

que ce marchand à qui un autre
marchand qu'il avoit trompé, dit:
Dans une ville où une souris
mange cent livres de fer, devez-
vous vous étonner qu'un éprevier emporte un petit enfant ?
Cela demande un éclaircisse-
ment, le voici.

LES
DEUX MARCHANDS.

FABLE.

UN marchand qui vouloit
entreprendre un voyage
pour quelque negoce, pria un
autre marchand de ses amis de
lui garder cent livres de fer, en
lui disant que cela pourroit lui
servir à son retour, au cas qu'il

lui arrivât d'être volé en chemin , & le fer fut mis dans un
magaſin. Le marchand partit,
fit ſon voyage comme il le ſou-
haitoit , & retourna chez lui
heureuſement. Quelque temps
aprés ſon arrivée, il alla trouver
ſon ami & le pria de lui rendre
ſon dépôt ; mais le fer avoit été
vendu , & l'argent employé.
Afin que le fer que vous m'a-
viez donné en garde , répondit
l'ami , fût en plus grande ſure-
té, je l'avois mis, comme vous
le ſçavez, dans mon magaſin ,
mais je ne ſçavois pas qu'il y eût
une ſouris qui a mangé tout votre
fer, comme je m'en apperçus il
y a quelques jours avec une
grande ſurpriſe. Venez voir
vous-même, afin que vous n'en
doutiez pas, & que vous voyez
que je ne vous dis pas un men-

fonge. Le marchand fe doutant
de la fourberie, diffimula ce
qu'il penfoit : Je n'ai pas de peine, lui dit-il, à croire ce que
vous me dites ; je fçai que les
fouris font extremement avides
de fer, elles l'avalent comme des
confitures.

Le marchand dépofitaire ravi
d'entendre ce difcours, accufa
l'autre en lui-même d'une fim-
plicité groffiere, d'abandonner
la demande de fon fer fi facilement, fur la bourde qu'il venoit
de lui donner, & de l'en quitter
à fi bon marché. J'ai, lui dit-il,
beaucoup de chagrin de ce qui
eft arrivé ; mais pour vous en
confoler, entrez que je vous
donne à déjeûner. Je vous prie
de m'excufer pour aujourd'hui,
répondit le marchand, une affaire de confequence m'oblige

malgré moi de refuser présentement l'offre que vous me faites,
mais je l'accepte de bon cœur
pour demain à la même heure.
En disant cela il prit congé, &
en se retirant il enleva adroitement un petit enfant du dépositaire, qui jouoit à quelques pas
de la porte, & l'emporta chez
lui sans que personne s'en ap-
perçût.

Le lendemain de grand matin,
cet homme se trouve à la porte
du marchand & frappe ; le marchand lui ouvre lui-même, &
comme il le vit changé, il lui
demanda ce qu'il avoit. Un des
fils de votre serviteur que vous
voyez, répondit-il les larmes aux
yeux, & d'une maniere qui faisoit compassion, disparut hier,
& je ne sçai ce qu'il est devenu.
J'ai fait le tour de la ville plu-

fieurs fois de rue en rue, & de
carrefours en carrefours, & je
n'ai pû en apprendre aucune
nouvelle. Cela me met dans une
affliction qui me rend inconfolable : Vous me feriez plaifir de
me dire fi vous en fçavez quelques chofes.

Hier, repartit le marchand,
en me retirant de chez vous de
la maniere que vous fçavez, je
vis un éprevier qui s'enlevoit
dans l'air avec un petit enfant
au bec qu'il emportoit, c'eft ap-
paremment le fils que vous cherchez. Cruel que vous êtes, reprit le pere affligé ? Pourquoi
me tenez-vous un difcours fi dé-
fagreable & fi éloigné du bon
fens ? Pourquoi me dites-vous
une chofe impoffible, & pourquoi vous deshonorez-vous par
un menfonge fi manifefte ? Vous

vous moquez & vous vous rail-
lez de moi. Un éprevier dont le
petit corps pese au plus une de-
mie livre, peut-il enlever un enfant beaucoup plus pesant, &
l'emporter en l'air ? Je ne vois
pas, repliqua le marchand en
souriant, pourquoi un éprevier
ne peut pas enlever un petit
enfant en l'air, dans un pays où
une souris ronge & avale cent
livres de fer. Le dépositaire connut alors ce que cela vouloit
dire : Ne vous affligez pas, dit-
il au marchand, la souris n'a
pas mangé votre fer. Si cela est,
dit le marchand, l'éprevier n'a
pas aussi emporté votre fils ; ren-
dez-moi mon fer, je vous ren-
drai votre fils.

 Je vous ai rapporté cette histoire, dit encore Kelileh en fi-
nissant, afin de vous faire con-

noître que l'on ne peut attendre
rien de bon d'un ami comme
vous, qui trompe son propre
bienfaiteur. Vous ne pouvez
nier que vous ne l'ayez fait,
Aprés cela on ne peut esperer
ni correspondance, ni sincerité,
ni satisfaction de votre amitié.
Il est temps que je rompe absolument avec vous, & que je
m'éloigne d'un naturel aussi pervers & aussi corrompu que le
vôtre. Mon bonheur & mon
repos dépendent de cette sepa-
ration, & demande que je cesse
de vous voir.

Kelileh & Demneh étoient
en cet endroit de leur conversation, lorsque le lion aprés un
combat opiniâtré & de longue
durée, acheva de terrasser & de
massacrer Choutourbeh, qui
demeura étendue sur la terre,

teinte de son sang qui ruisseloit
de tous les endroits de son corps.
Lorsque la colere du Roy des
animaux fut un peu appaisée, &
qu'il fut revenu de l'émotion
causée par les efforts qu'il venoit de faire, il demeura la tête
baissée contre terre, abîmé dans
ses pensées & dans les réflexions
qu'il fit sur son emportement,
dont il commençoit de se repentir. Helas! disoit-il alors en lui-
même, le pauvre Choutourbeh,
avec tant de belles qualitez, de
vertus & de perfections n'est
plus, & pour mon malheur je
ne suis pas bien certain d'avoir
eu raison de faire ce que je viens
d'executer. Je ne sçay si les rapports que l'on m'a faits sont vé-
ritables, ou si l'on a voulu me
tromper afin de le perdre. C'est
moi cependant qui l'ai mis en
l'état

l'état où le voilà, lui qui de ma propre connoiſſance m'avoit toûjours ſervi avec affection & avec fidelité. Eſt-ce ainſi que je devois reconnoître ſon amitié ? voudra-t'on jamais me rendre ſervice aprés le traitement que je viens de lui faire ? Au milieu de ces regrets, ce qui l'affligea davantage, c'eſt qu'il crut voir l'ombre de Choutourbeh, & entendre le reproche cuiſant qu'il lui faiſoit en ces termes : Tu me traites préſentement d'ami; mais jamais ami n'a tué ſon ami ſans ſujet. Donne-moi plûtôt le nom d'ennemi, puiſque tu m'as traité en ennemi. Ces reproches ſecrets le jetterent dans une profonde mélancholie, il ne put plus diſſimuler la triſteſſe qui l'accabloit, les larmes mêlées de ſoupirs lui coulerent des yeux,

& ſes rugiſſemens marquerent aux animaux qui l'environ-noient, qu'il étoit veritablement fâché de l'excés qu'il venoit de commettre.

Demneh qui s'étoit approché comme les autres, aprés l'entre-tien qu'il avoit eu avec Kelileh, lui dit : Sire, je ſouhaite que la proſperité accompagne votre Majeſté en toutes choſes, & que ſes ennemis ſoient humiliez. O-ſerois-je lui demander le ſujet de la triſteſſe qu'elle fait paroî-tre? Elle ne peut avoir un plus grand ſujet de joie & de con-tentement, que celui d'être vic-torieux d'un ennemi formidable qu'elle a terraſſé & noyé dans ſon ſang. Elle a vû lever le ſoleil evec l'eſperance de le vaincre, & elle le voit vaincu au coucher du même aſtre.

Je ne puis, répondit le lion, me souvenir de l'assiduité des services de Choutourbeh, de son zele, de son amitié, de son grand genie & de ses rares qualitez, qu'avec une douleur trés-sensible de l'avoir perdu. Je reconnois qu'il étoit le soutien & l'appui de mes armes, & le défenseur de mes Etats, & je perds en lui, celui sur qui tous mes soins se reposoient, & sur la vigilance de qui je vivois en assurance.

Un Monarque comme votre Majesté, repartit Demneh, ne doit pas avoir de compassion pour un traître. Elle doit rendre grace au ciel de la victoire qu'-elle vient de remporter sur lui. Cette victoire fait le jour le plus glorieux de la vie de votre Majesté. C'est par cet endroit qu'elle

R ij

doit l'envisager. Son bonheur,
sa gloire, son repos & sa réputation, dépendoient absolument
d'une action aussi éclatante. Elle se seroit fait tort à elle même,
& elle auroit peché contre la
bonne politique, si elle eût usé
de clémence, dans une rencontre où il s'agissoit d'une vie aussi
précieuse que la vôtre. C'est
une pratique de tous les temps,
de ne pas donner à un ennemi
dangereux, une autre prison
que le tombeau. L'on coupe un
doigt gangrené, pour conserver
le corps entier. Un ennemi tel
que Choutourbeh, ne mérite
pas d'avoir place en son souvenir.

Ce discours appaisa le lion
pour quelque temps. Mais le
ciel à la fin vengea Choutourbeh, & Demneh eut le même

fort que lui, de mourir d'une mort violente. Le méchant perit en sa méchanceté, lorfqu'il y penfe le moins, de même que le fcorpion fe trouve écrafé fous les ruines de la maifon où il fait fa retraite, & où il met fon venin en ufage. Il eft inutile d'efperer le bien lorfque l'on fait le mal. La coloquinte ne porte pas de raifins, & l'on ne doit pas attendre de recueillir du froment lorfque l'on feme de l'orge. C'eft pour cela qu'un Sage dit : Ne fais pas de mal : Si tu en fais, tu en recevras avec le temps. Au lieu que celui qui fait du bien le trouve en ce monde & en l'autre.

CHAPITRE II.

Comme un méchant finit mal.

J'AY bien entendu, dit Dabchelim, l'histoire d'un flatteur, qui par ses flatteries trompa son Prince, & fut cause qu'il maltraita ses Ministres ; mais contez-moi de quelle maniere le lion découvrit les fourberies de Demneh, & quelle fut la fin de ce renard.

Il ne faut pas, répondit le vieux Bramine, que les Rois ajoûtent foi aux divers rapports qu'on leur fait, jusqu'à ce qu'ils ayent connu si les discours qu'ils entendent partent d'amis ou d'ennemis, autrement il leur

arrivera ce qui arriva à la cour
du lion ; & voici comment se
passerent les choses que vous
voulez sçavoir. Peu de temps
aprés que le lion eut tué le bœuf
il en fut fâché, comme j'ay déja
dit ; les réflexions qu'il fit sur
les bons services qu'il en avoit
reçus, le plongerent dans un si
noir chagrin, qu'il abandonna
le soin de son Etat, & la cour
devint un lieu de désolotion. Il
parloit sans cesse des bonnes
qualitez de Choutourbeh, & le
bien qu'on lui en disoit étoit le
seul soulagement que sa douleur
vouloit recevoir. Une nuit qu'il
s'entretenoit des vertus de ce
bœuf avec un leopard, le leopard lui dit : Sire, votre Majesté s'afflige trop d'une chose à
laquelle il est impossible de remedier ; & qui s'attache à cher-

R iiij

cher ce qu'il ne peut trouver; non-ſeulement il ne la trouve pas, mais encore il perd ce qu'il a, comme un renard perdit une peau, pour avoir une poule dont il avoit envie. Voyant le lion diſpoſé à l'écouter, il lui raconta cette fable.

❊❦❊❊❦❊❊❦❊:❦❊❦❊❊❦❊❊

LE RENARD,

LE LOUP,

ET

LA POULE.

FABLE.

UN renard qui cherchoit de tout côtez dequoi manger, trouva un morceau de peau fraîche, qu'une bête ſauvage

avoit laissé tomber, il en mangea
une partie, & prit le reste dans
le dessein de le porter dans sa
tanniere ; en passant auprès d'un
village, il apperçut des poules
qui étoient grosses & grasses,
qu'un garçon adroit gardoit à
vûe. Le renard eut tant d'envie
de manger de ces poules, qu'il
laissa la peau qu'il tenoit pour
en attraper quelqu'une. Dans le
moment il vint un loup qui lui
demanda ce qu'il regardoit avec
tant d'attention : Ce sont ces
poules que vous voyez, répondit le renard, j'en voudrois bien
prendre une. Vous perdez votre
temps à les épier, lui dit le loup,
elles sont gardées par un serviteur si vigilant, qu'il est impossible de les pouvoir aborder sans
danger. Contentez-vous de votre morceau de peau, de peur

d'avoir le même fort que cet afne , qui voulant chercher fa
queue , perdit fes oreilles.

❧❧❧❧❧❧❧❧❧❧❧❧❧❧❧❧❧❧❧❧❧❧❧❧

L' A S N E

ET

LE JARDINIER.

F A B L E.

UN afne , continua le loup ,
avoit perdu fa queue , ce
qui l'affligeoit fort : en la cherchant de toutes parts , il paffa au
travers d'un pré & d'un jardin ;
mais le Jardinier l'ayant apperçu , & s'imaginant qu'il vouloit
ravager fon jardin , entra dans
une furieufe colere , courut à
l'afne & lui coupa les deux oreilles : ainfi l'afne qui fe plaignoit

de n'avoir point de queue, fut
bien étonné lorſqu'il le vit ſans
oreilles. Quiconque ne prend
pas la raiſon pour guide, s'éga-
te, & tombe dans les précipices.
Le renard preſſé par l'extreme
deſir de manger de ces poules,
dit au loup : dequoi vous aviſez-
vous de me conter des fables ? Je
veux vous montrer que qui a
du courage eſt capable de tout.
En diſant cela il s'avança vers
les poules, laiſſant ſon morceau
de peau ; & le loup voyant que
ſa remontrance ne ſervoit de
rien, s'en alla d'un autre côté.
Le renard cependant s'approchoit tout doucement des poules ; mais le garçon qui les gardoit l'ayant vû, lui jetta un bâton ſi adroitement, qu'il lui frapa le pied ; le pauvre renard
craignant que le garçon ne lui

jettât un second bâton, retourna
sur ses pas au plus vîte, résolu
de se contenter de la peau qu'il
avoit méprisée, mais il ne la
trouva plus; un corbeau l'ayant
emportée, ce qui mit le renard
au desespoir.

Vous voyez, Sire, poursuivit
le leopard, qu'il ne faut pas que
votre Majesté se désespere, &
abandonne la conduite de son
Royaume pour la perte d'un sujet. Le lion demeura quelques
temps sans parler, après cela il
répondit: Vous dites vray; mais
je voudrois venger la mort de
Choutourbeh, s'il a été injustement accusé. Ce n'est pas le
moyen d'y parvenir que de se
désesperer, repliqua le leopard,
il faut examiner avec soin si les
rapports qu'on vous a fait de lui
sont veritables ou non; s'il étoit

coupable, il a été juſtement puni; & s'il ne l'étoit pas, on doit
punir l'accuſateur. Alors le lion
dit au leopard : Je veux que tu
ſois mon Connétable en ſa place :
Fais tout ce que tu pourras pour
découvrir la verité.

Comme il étoit tard, le leopard prit congé du lion, en retournant au logis il paſſa pardevant un petit bois où Kelileh &
Demneh s'entretenoient, il crut
entendre qu'ils avoient quelques
paroles enſemble. Comme il ſoup-
çonnoit que Demneh étoit méchant, il eut la curioſité de s'approcher pour les écouter. Kelileh lui reprochoit en ce moment
ſes perfidies, & tous les artifices
dont il s'étoit ſervi pour perdre
Choutourbeh. Le leopard inſtruit par ces diſcours des tra-
hiſons de Demneh, ne jugea

pas à propos d'aller trouver le
Roy des animaux pour l'avertir
de la méchanceté du renard, il
apprehenda que cette nouvelle
ne le couvrît de confusion, il
n'ignoroit pas combien la verité
est difficile à annoncer aux Rois;
pour y parvenir, il alla trouver
la mere du lion, à laquelle il
conta tout ce qu'il venoit d'entendre : aussi-tôt elle courut voir
son fils, à qui elle dit : Vous a-
vez raison mon fils, d'être affligé de la perte de Choutourbeh,
il est mort innocent. Quelle
preuve avez-vous de son innocence, demanda le lion? Je ne
veux pas, répondit la mere,
réveler un secret qui pourroit
vous mettre en colere, &
nuire à celui qui me l'a confié,
mais je vous prie d'écouter ce
conte.

LE PRINCE
ET
SON ECUYER.
CONTE.

IL y avoit un Prince qui étoit puissant, riche & juste. Un jour qu'il étoit à la chasse, il dit à son écuyer : Je veux faire courir mon cheval contre le tien, pour voir lequel des deux est le meilleur, il y a longtemps que j'ai cette envie ; l'écuyer pour obeir à son maître, poussa son cheval à toute bride, & le Roy le suivit : Quand ils furent éloignez de tous les Grands qui les avoient accompagnez, le Roy arrêta son cheval, & lui dit :

Je n'avois pas d'autre deffein en
t'amenant ici, que de te confier
un fecret, t'ayant reconnu le
plus fidele de ma cour; il m'a pa-
ru que le Prince mon frere forme quelqu'attentat contre ma
perfonne, c'eft pourquoi je t'ai
choifi pour le prévenir, mais
fois difcret. L'écuyer jura qu'il
garderoit le fecret, & après cela
ils joignirent la troupe qui étoit
en peine de fa Majefté. L'écuyer
à la premiere occafion qu'il eut
de parler au frere du Roy, lui
apprit le deffein qu'on avoit de
lui ôter la vie; ce qui obligea le
jeune Prince à le remercier de
lui avoir donné cet avis, & à
lui promettre de grandes récom-
penfes. Mais peu de jours après
le Roy mourut, fon frere lui fuc-
ceda, & la premiere chofe qu'il
fit lorfqu'il fut fur le trône, fut

de

de faire mourir l'écuyer. Ce mi-
férable lui reprocha le fervice
qu'il lui avoit rendu : Eft ce-là ,
difoit-il , la récompenfe que vous
me promettiez ? Oui , lui répondit le nouveau Roy : Quiconque
révele les fecrets de fon Prince ,
eft digne de mort , & puifque
tu as commis ce grand crime ,
tu dois mourir. Si tu as trahis un
Roy qui t'avois donné fa confiance, & qui te cheriffoit plus
que toute fa cour enfemble ,
puis-je me fervir de toi ? L'é-
cuyer eut beau alleguer des raifons pour fe juftifier , il ne fut
point écouté , & il ne put éviter
la mort , parce qu'il n'avoit pas
fçu garder un fecret.

Vous voyez par ce conte qu'il
ne faut pas divulguer un fecret.
Ma mere, lui dit le lion , fçachez
que celui qui vous a confié fon

secret, veut bien qu'il soit di-
vulgué, puisqu'il est le premier
à le découvrir ; car si lui-même
ne l'a pû garder, comment veut-
il qu'un autre le garde ? Si ce
que vous voulez dire est vray,
& que vous ne vouliez pas que
j'en aye une entiere connoissance, du moins ôtez-moi de peine.
La mere se voyant pressée, lui
dit : Je veux vous présenter un
criminel indigne de pardon ; &
quoique les Sages disent qu'un
Roy doit avoir la misericorde en
recommandation , neanmoins il
y a de certains crimes qui ne
doivent pas attendre de pardon ;
c'est de Demneh , poursuivit-
elle , que je parle, qui par ces
faux rapports a causé la mort de
Choutourbeh, ce qu'ayant dit,
elle se retira , laissant le lion dans
une profonde rêverie. A la fin

il commanda à toute sa cour d
s'assembler. Demneh en conçut
un mauvais présage, & abordant
l'un des favoris, il lui demanda
s'il ne sçavoit pas le sujet de cette assemblée. La mere du lion
qui entendit cette demande, lui
répondit brusquement, c'est
pour résoudre ta mort, car tes
tromperies sont découvertes.
Madame, lui répondit Dem-
neh sans s'émouvoir, ceux qui
se rendent à la cour recomman-
dables par leurs vertus, ne manquent jamais d'ennemis & d'envieux. Ah, que les hommes
agissent autrement que Dieu,
il ne donne à chacun que ce
qu'il mérite ; & les hommes au
contraire punissent souvent ceux
qui sont dignes de récompense,
& cherissent ceux qu'ils devroient haïr ! Que j'ai mal fait

de quitter ma folitude pour con-
facrer ma vie au Roy. Quiconque ne fe contente pas de ce
qu'il a, & préfere le fervice des
hommes à celui de Dieu, s'en
repent tôt ou tard, comme on
le peut voir par ce conte.

L'HERMITE

Qui quitta les deferts pour aller vivre à la Cour.

CONTE.

UN Hermite qui avoit re-
noncé aux plaifirs du monde, menoit dans une folitude
une vie fort auftere. Sa vertu fit
dans le monde tant de bruit en
peu de temps, qu'un nombre
infini de perfonnes l'alloient voir

tous les jours , les uns par curiofité , & les autres pour le con-
fulter fur diverfes chofes. Le
Roy du pays qui étoit très dévot
& qui aimoit les gens de bien ,
n'eut pas plûtôt appris qu'il y
avoit dans fon Royaume un per-
fonnage fi vertueux , qu'il monta à cheval pour l'aller vifiter ;
il lui fit un beau préfent , & le
pria de lui faire quelques exor-
tations dont il pût profiter.
L'Hermite pour contenter le
Roy, lui dit : Sire, Dieu a deux
habitations, l'une periffable qui
eft le monde, & l'autre éternelle
qui eft le Paradis. Votre Majefté qui eft genereufe , ne doit
pas s'attacher aux biens de la
terre, mais il faut qu'elle afpire
aux tréfors éternels , dont la
moindre partie vaut mieux que
toutes les Principautez de l'Uni-

vers. Essayez donc, Sire, de vous rendre possesseur de ces biens éternels. Par quel moyen les peut-on acquerir, demanda le Roy? en assistant les pauvres, répondit l'Hermite, & en secourant les miserables. Tous les Rois qui veulent jouir de ce repos éternel, doivent travailler à donner le repos temporel à ses sujets.

Le Roy fut si touché de ce discours, qu'il résolut de s'entretenir tous les jours avec ce bon hermite. Un jour qu'ils étoient ensemble dans l'hermitage, ils virent venir une troupe de gens qui demandoient justice avec des cris effroyables; l'Hermite les fit approcher, les interrogea & ayant appris leurs differens, les mit tous d'accord sans peine. Le Roy admirant la conduite de

cet Hermite, le pria de se trouver quelquefois dans ses conseils, ce que l'Hermite promit
au Roy, croyant pouvoir être
utile aux pauvres : il se trouvoit
donc souvent dans les assem-
blées, & le Roy s'arrêtoit toûjours à son opinion : Enfin, il
se rendit si necessaire, que rien
ne se faisoit dans le Royaume
sans son avis. Ainsi l'Hermite
voyant que tout le monde lui
faisoit la cour, commença d'a-
voir bon opinion de lui-même,
il voulut tenir le rang de premier Ministre. Pour cet effet il
eut un bel équipage, & une
grosse suite : Il oublia ses auste-
ritez & ses oraisons, & se regardant comme un homme necessaire à l'Etat, il avoit grand soin
de sa personne; il étoit molle-
ment couché, & ne mangeoit

que des mets délicats. Le Roy
qui étoit d'ailleurs assez content
de l'Hermite, le laissoit vivre à
sa fantaisie, & se reposoit sur
lui du soin des affaires de son
Royaume. Un jour un Hermite
ami de celui qui étoit à la cour,
étant venu voir son confrere,
avec qui souvent il avoit passé
la nuit en oraison, fut fort étonné de le voir environné d'un
grand nombre de domestiques;
neanmoins prenant patience, il
attendit que la nuit eût obligé
tout le monde de se retirer, a-
lors abordant l'Hermite courtisan, il lui dit : O mon cher a-
mi, en quel état est-ce que je
vous vois ! Quel changement !
L'Hermite courtisan voulut l'excuser, en disant qu'il étoit obligé
d'avoir un si gros train. Mais
son confrere qui étoit un homme
d'esprit

d'esprit & de jugement, s'écria :
ses causes sont dictées par les
sens. Je vois bien que les hommes vous enchantent. Quel démon vous a détourné de nos prieres ? Pourquoi oubliant les de-
devoirs d'une vie retirée, préfe-
rez-vous le bruit au silence, &
le tumulte au repos ? Ne croyez
pas, reprit l'Hermite courtisan,
que les affaires de la cour m'o-
bligent de discontinuer mes
pieux exercices, vous vous
trompez, repartit l'Hermite, de
croire que vos prieres puissent
être exaucées en servant le monde, comme elles l'étoient dans
le temps que le Service Divin
faisoit toute votre occupation.
Vous le connoîtrez quelques
jours, & vous vous en repenti-
raz; croyez-moi, brisez ces chaînes d'or qui vous attachent à la

cour , & retournez dans votre
solitude , autrement vous éprou-
verez la cruelle destinée de cet
aveugle qui méprisa le conseil
de son ami. Je vas vous conter
cette avanture.

L'AVEUGLE

Qui voyageoit avec un de
ses amis.

CONTE.

IL y avoit deux hommes qui
voyageoient ensemble ; l'un
desquels étoit aveugle. Un jour
que la nuit les surprit dans la
campagne , ils entrerent dans
un pré pour s'y reposer jusqu'au
point du jour. Aussi-tôt qu'il
parut , ils se leverent , monterent

à cheval & continuerent leur
chemin. L'aveugle au lieu de
son fouet avoit ramaffé un ferpent qui étoit tranfi de froid ;
l'ayant entre les mains , il le
trouva plus douillet que fon
fouet, ce qui le réjouit, s'imaginant qu'il avoit gagné au change, c'eft pourquoi il ne fe mit
pas en peine de ce qu'il avoit
perdu ; mais lorfque le foleil
commença de paroître, & par
confequent à éclairer les objets,
fon compagnon apperçut le ferpent, & faifant un grand cri,
il dit à l'aveugle : O ! camarade, tu as pris un ferpent au lieu
de ton fouet ; jette-le avant d'en
recevoir de mortelles careffes,
Cet aveugle d'efprit auffi-bien
que de corps, croyant que fon
ami ne parloit ainfi que parce
qu'il avoit envie d'avoir fon

fouet, lui répondit, êtes-vous jaloux de ma bonne fortune ? J'ai
perdu mon fouet, qui ne valoit
plus rien, & le bon Dieu m'en a
fait trouver un tout neuf, ne
penſez pas, ajoûta-t-il, que je ſois
ſi innocent, que je ne ſçache
diſtinguer un ſerpent d'avec un
fouet. Son ami ſe mit à rire &
lui dit : Camarade, je ſuis obligé par les loix de l'amitié & de
l'humanité, de t'avertir du peril
où je te vois : Si tu veux vivre,
éloigne de toi ce ſerpent. L'a-
veugle plus aigri que perſuadé
par ces paroles, repartit bruſ-
quement : Pourquoi me preſſez-
vous de jetter une choſe que
vous voulez ramaſſer ? Son compagnon pour le déſabuſer, jura
que ce n'étoit point là ſon deſſein, & je vous proteſte, ajoûta-t-il, que ce que vous tenez

entre les mains eſt un ſerpent.
Tous ces ſermens furent inutiles, l'aveugle ne changea point
d'opinion. Cependant le ſoleil
s'élevoit, & les rayons ayant peu
à peu échauffé le ſerpent, il
s'entortilla autour de ſon bras,
il le mordit de maniere qu'il lui
donna la mort.

Cet exemple nous montre qu'il
faut ſe défier de nos ſens, &
qu'il eſt difficile de les tromper
quand nous poſſedons une choſe
qui les flatte.

Ce diſcours ſenſé éveilla l'Hermite courtiſan du profond ſom-
meil où il étoit; il ouvrit les
yeux ſur les dangers qu'il cou-
roit à la cour, & regrettant le
temps qu'il avoit employé au
ſervice du monde, il paſſa la
nuit à ſoupirer & à pleurer;
mais le jour étant venu, les

T iij

nouveaux honneurs qu'on lui
fit détruisirent ses remords ; il
reprit le soin des affaires, &
devint injuste comme les gens
du siecle. Un jour il condamna
à mort une personne, qui suivant les loix & la coûtume, ne
méritoit pas de mourir. Après
l'execution de l'arrest, sa con-
science lui en fit des reproches
qui troublerent son repos pendant quelque temps, & enfin les
heritiers de la personne qu'il
avoit injustement condamnée,
obtinrent du Roy, la permission
d'informer contre cet Hermite,
qu'ils accusoient d'injustice. Le
conseil sur les informations ordonna que l'Hermite souffriroit
les mêmes supplices qu'il avoit
fait souffrir au défunt. L'Hermite employa inutilement son
credit & ses richesses pour se

sauver la vie, l'arrest du conseil
fut executé.

J'avoue, dit Demneh, que suivant cet exemple, je devrois
être puni d'avoir quitté ma
solitude pour venir servir le
Roy.

Le renard ayant cessé de parler en cet endroit, son éloquence fut admirée de toute la cour.
Pour le lion qui avoit la tête
baissée, il étoit agité de tant de
pensées, qu'il ne sçavoit à quoi
se résoudre, ni que répondre à
Demneh. Pendant qu'il étoit
dans la situation que je viens de
dire, & que tous les courtisans
gardoient le silence, un animal
nommé Siahgousch, qui étoit
un des plus fidèles serviteurs du
lion s'avança, & parla dans ces
termes au renard : Tous ces
reproches que tu fais à ceux

qui servent les Rois, ne tour-
nent qu'à ta honte ; outre que
ce n'est pas à toi à proposer cette
question, apprens qu'une heure
de service rendue à un Roy
juste, vaut mieux qu'un siecle
d'oraisons ; combien a-t-on vû
de gens de merite quitter leurs
cellules pour aller à la cour, où
en servant les Rois ils soulagent
les peuples, & les garantissent
des opressions tyranniques ? L'e-
xemple que vous allez entendre
peut servir de preuve de ce que
je dis.

　Un marchand de la ville de
Cachmir avoit une très-belle
femme, qui aimoit & étoit aimée d'un excellent peintre. Ces
deux amans ne negligeoient aucunes occasions de se voir. Un
jour elle dit à son amant : Quand
vous voulez me parler, vous

êtes obligé de contrefaire votre
voix, de jetter une pierre, de
siffler, de tousser ou cracher ;
je voudrois bien vous épargner
toutes ces peines, ne pourriez-
vous pas trouver quelques inventions qui nous servent de
signal ? Hé bien, répondit le
Peintre, je me déguiserai en
femme, j'aurai deux voiles de
deux couleurs differentes ; un
par sa blancheur surpassera la
beauté de l'étoile que l'on voit
dans l'eau, & l'autre fera honte
aux cheveux des Maures par la
noirceur. Lorsque vous me ver-
verrez sortir avec ces voiles,
vous sçaurez ce qu'ils signifie-
ront. L'esclave du Peintre qui
n'étoit pas moins amoureux de
cette femme que son maître,
ayant entendu faire cette proposition, en fut bien aise, car il

esperoit d'en profiter. Un jour
que son maître étoit allé faire
un portrait en ville, il prit le
voile d'assignation avec lequel il
passa sur la brune, pardevant le
logis de la marchande, qui étoit
à la fenêtre. Elle ne l'eut pas
plûtôt apperçu, que sans considerer ni le visage ni les maniè-
res de l'esclave, elle descendit
& reçut les caresses comme elle
avoit coûtume de recevoir celles
du Peintre. L'esclave, après
s'être contenté, s'en retourna
promptement au logis, & remit
le voile où il l'avoit pris. Le
Peintre étant de retour, eut envie de voir sa maîtresse, il prit
son voile & y courut; elle fut
fort étonnée de revoir encore le
voile; elle courut au-devant de
son amant, & lui ayant demandé imprudemment la cause d'un

si prompt retour. Il se douta
de la chose, ne dit mot, mais
la quitta brusquement, & alla
quitter son esclave ; il lui fit
payer bien cher le plaisir qu'il
avoit goûté ; & puis faisant réflexion sur la facilité que sa maîtresse avoit eue à satisfaire les desirs de son esclave, il rompit tout
commerce avec elle. Or, si cette
femme emportée par sa passion,
ne l'eût pas satisfait si promptement avec cet esclave, & qu'-
elle eût examiné la difference
qu'il y avoit entre lui & le Peintre, elle n'auroit pas perdu un
amant si passionné.

La mere du lion remarquant
que son fils écoutoit avec plaisir
Demnch, eut peur que ce fin
renard n'arrêta par son éloquence, le cours de la justice. Il
semble, dit-elle au lion, que

Demneh vous paroisse innocent,
& que vous regardiez comme
des calomniateurs ceux qui ont
déposé contre lui. Je n'aurois
jamais cru qu'un Roy qui passe
pour le plus juste des Rois, pût
se laisser séduire par les belles
paroles d'un criminel, qui tâche
d'éviter les rigueurs de la loi.
En disant cela, elle se leva de
colere & se retira dans son appartement. Le lion pour plaire
à sa mere, ou plûtôt commen-
çant à croire Demneh coupable, le fit mettre en prison.
Quand tout le monde fut sorti
de la chambre du Roy, sa mere
y entra, & dit : Je ne sçay comment ce bel esprit s'est laissé emporter à un semblable crime.
C'est l'envie, répondit le Roy,
qui lui a fait commettre cette
lâcheté. L'envie, continua-t-il,

eſt un vice qui tient l'eſprit dans
une inquietude actuelle ; & il y
a même des envieux qui ſçavent
mauvais gré à ceux qui leur font
du bien, comme vous le verrez
par cet exemple.

LES TROIS ENVIEUX
qui trouverent de l'argent.

CONTE.

TRois hommes voyageant
 enſemble, le plus envieux
dit aux autres : Apprenez-moi,
s'il vous plaît, pourquoi vous
êtes ſortis de vos maiſons pour
voyager ? J'ai quitté mon pays,
répondit l'un, parce que je ne
pouvois ſoutenir la vûe de quelques perſonnes que je haïſſois
plus que la mort, & cela ne

procede que d'une humeur ja-
loufe, qui ne fçauroit fouffrir
le bonheur d'autrui. La même
maladie, dit l'autre, me tourmente & me fait courir le mon,
de. Nous fommes donc tous trois,
dit le plus vieux, poffedez de la
même paffion. Or, ces hommes
étant de la même humeur, s'ac-
corderent d'abord affez bien enfemble. Un jour en paffant par
une vallée, ils apperçurent une
groffe fomme d'argent que quelque voyageur avoit laiffé tomber en cet endroit. Ils defcendi-
rent tous trois auffi-tôt de cheval, & fe dirent l'un à l'autre,
Partageons cet argent, & retournons à nos logis, où nous nous
divertirons ; mais ils ne difoient
cela que de bouche, car chacun
d'eux ne pouvant fe réfoudre de
laiffer à fon compagnon le moin-

dre profit, ne sçavoit s'il devoit
passer outre sans toucher à cet
argent, afin que les autres en
fissent de même. Ils demeure-
rent dans ce lieu à rêver là dessus pendant un jour & une nuit
sans boire ni manger, dans une
extrême inquietude. Deux jours
après le Roy du pays qui chas-
soit avec toute sa cour, arriva
dans la vallée. Il s'approcha de
ces trois hommes, & leur demanda ce qu'ils faisoient là avec
cet argent qui étoit par terre.
Se voyant surpris, ils ne purent s'empêcher de dire la verité. Sire, répondirent-ils, nous
sommes tous trois agitez de la
même passion, qui est l'envie;
elle nous a fait quitter notre patrie, & elle nous accompagne
partout. Vous feriez une action
charitable, ajoûterent-ils, si

vous pouviez nous guerir de
cette paſſion. Que chacun de
vous, dit le Roy, m'apprenne
juſqu'à quel point il eſt envieux,
afin que j'y remedie ſi je puis.
Mon envie, dit l'un, va juſques
là, que je ne puis faire du bien
à qui que ce ſoit : Vous êtes un
fort honnête homme en compa-
raiſon de moi, s'écria le ſecond,
car je ne ſçaurois ſouffrir qu'une
perſonne faſſe du bien à un autre,
loin d'en faire moi - même. Le
troiſiéme dit : Vous ne poſſedez
pas tous deux l'envie dans un degré ſi éminent que moi, puiſque
non ſeulement je ne puis obliger ni voir obliger perſonne;
mais je ne puis même ſouffrir
que l'on m'oblige. Le Roy fut
ſi étonné d'entendre ces diſcours
qu'il ne ſçavoit que répondre;
à la fin, après avoir longtemps
　　　　　　　　　　　　　rêvé,

rêvé, il leur dit : Vous ne mé-
ritez pas que je vous laisse cet
argent ; en même temps il leur
fit ôter, & les condamna à des
supplices qu'ils méritoient. Celui qui ne pouvoit faire du bien
fut envoyé dans les deserts nud
pieds & sans vivres. On coupa
la tête à celui qui ne pouvoit
voir faire du bien, parce qu'il
étoit indigne de vivre, puisqu'il
n'aimoit que le mal ; & enfin,
celui qui ne pouvoit souffrir
qu'on lui fît du bien, on le laissa
vivre, sa passion étant son supplice, & on le mit dans l'endroit
du Royaume où il se faisoit le
plus d'actions charitables & de
bienfaits, ce qui lui causa tant
de dépit qu'il en mourut.

Voilà, continua le lion, ce
que c'est que l'envie. Il faudroit
donc, dit sa mere, faire mourir

Demneh au plûtôt , puisqu'il
est atteint d'un vice si dangereux. Je n'en suis pas bien assu-
ré , repartit le lion , & je veux
l'être avant de le condamner.

Après qu'on eut conduit Demneh en prison , Kelileh touché
de compassion ne put oublier
l'ancienne amitié qui avoit été
entre eux , il l'alla voir , & lui
tint ce discours : Je vous l'avois
bien dit , qu'il ne falloit pas exé-
cuter votre entreprise , ceux qui
ont de l'esprit ne commencent
jamais une affaire , sans avoir
murement consideré quelle en
sera la fin : On ne doit pas plan-
ter un arbre , sans sçavoir quel
fruit il doit produire. Pendant
que Kelileh & Demneh s'entretenoient , il y avoit dans la prison un singe qu'ils ne voyoient
pas , & qui les écoutoit pour

s'en servir en temps & lieu.

Le lendemain de grand matin la même compagnie du jour précédent le rassembla, & après que chacun eut pris sa place, la mere du lion parla en ces termes : On n'est pas moins coupable de differer le châtiment d'un criminel, qu'en précipitant la condamnation d'un innocent ; & lorsqu'un Roy ne punit pas un méchant, il ne pêche pas moins que s'il en étoit complice. Le lion trouvant ce raisonnement judicieux, commanda de travailler au procès de Demneh. Alors le Cady se levant, pria les assistans de dire leur opinion sur cette affaire, disant que cela produiroit trois choses avantageuses. La premiere, que la vérité seroit connue, & la justice exercée. La seconde, que les

V ij

méchans & les traîtres seroient
punis selon la volonté de Dieu ;
& la troisiéme enfin, que la societé seroit purgée des fourbes,
qui par leurs artifices en troublent le repos. Personne ne sça-
chant la verité de cette affaire,
toute l'assemblée n'osa rien dire,
ce qui donna lieu à Demneh de
parler plus hardiment. Sans cependant faire paroître sa joye,
il dit : Sire, si j'avois commis le
crime dont on m'accuse, je tire-
rois quelqu'avantage de ce silence general ; mais je me sens
si innocent, que j'attends avec
indifference la fin de cette assemblée. Je dirai neanmoins en
passant, que personne ne voulant dire son sentiment sur cette
affaire, c'est une marque certaine qu'on me croit innocent.
Qu'on ne me blâme point de

prendre la parole pour me justifier ; je suis excusable en cela ,
puisqu'il est permis à chacun de
se défendre. Je conjure , poursuivit-il , toute cette illustre compagnie , de dire en présence du
Roy , tout ce qu'elle sçait de
moi ; mais qu'elle prenne garde
d'avancer une chose qui ne soit
pas vraie , autrement il lui arriveroit l'avanture du Médecin
ignorant que voici.

LE MEDECIN
Ignorant.

CONTE.

IL y avoit un homme sans
science & sans experience ,
qui se disoit Medecin ; il étoit
cependant si ignorant , qu'il

confondoit la colique avec l'hy-
dropifie, & ne fçavoit feulement
pas diftinguer la rubarbe d'avec
le bezoart. Il ne vifitoit jamais
deux fois un malade, car il le
faifoit mourir à la premiere. Il y
avoit au contraire dans la même
province, un autre Medecin
très-habile, & qui avoit une
connoiffance parfaite des fim-
ples, & par ce moyen guérif-
foit les maladies les plus defef-
perées. Or, ce fçavant homme
devint aveugle, & ne pouvant
plus exercer fon art, il fe retira
dans une folitude, pour y vivre
en repos. Le Medecin ignorant
n'eut pas plûtôt appris la retraite
d'un homme qui ne voyoit pas
fans envie, qu'il fît éclater partout fon ignorance, voulant
faire connoître fon profond fçavoir. Un jour la fille du Roy

de son pays tomba malade : On
eut recours au sçavant Medecin, parce qu'outre qu'il avoit
déja servi la cour, on étoit persuadé qu'il étoit plus habile que
celui qui vouloit tâcher de se
mettre en vogue. Ce sçavant
homme étant près du lit de la
Princesse, & ayant appris le sujet de sa maladie, ordonna une
pillule composée de certaines
drogues qu'il nomma. On lui
demanda où ces drogues pourroient se trouver. Il répondit
qu'il en avoit vu autrefois dans
le trésor, mais qu'étant aveugle
il ne les pourroit distinguer, y
ayant quantité de boëtes dans
lesquelles elles étoient enfer-
mées, & qui étoient confondues
avec beaucoup d'autres. Le Medecin ignorant dit qu'il con-
noissoit bien ces drogues, & qu'il

sçavoit même la maniere dont
on s'en devoit servir. Allez donc
dans mon tréſor, lui dit le Roy,
& prenez ce qu'il faut pour com-
poſer cette pillule, il entra dans
le tréſor, & ſe mit à chercher
la boëte dans laquelle devoient
être ces drogues ; mais comme
il y avoit pluſieurs boëtes ſem-
blables, il ne put diſtinguer les
drogues qu'il falloit, ne les con-
noiſſant pas, dans cet embarras
il aima mieux prendre une boëte
à tout hazard, que d'avouer ſon
ignorance, mais il ignoroit que
ceux qui ſe mêloient de ce qu'ils
ne ſçavoient pas, s'en repentoit
tôt ou tard ; car il choiſit juſtement une boëte dans laquelle il
y avoit un poiſon très-ſubtil dont
il compoſa cette pillule, qu'il fit
prendre à la Princeſſe, & qui
mourut ſur le champ. Auſſi-tôt
le

le Roy le fit arrêter & le condamna à mort.

Cet exemple, poursuivit Demneh, vous montre qu'il ne faut jamais dire ni faire une chose que l'on ne sçait pas. On voit à votre phisionomie, interrompit un des assistans, que vous ne valez rien, & que vous êtes un fourbe. Alors le Cadis demanda à celui qui venoit de parler, quelle certitude il avoit de ce qu'il avançoit. Les phisionomistes remarquent, répondit-il, que ceux qui ont les sourcils séparez, l'œil gauche chassieux & plus grand que l'œil droit, le nez tournez du côté gauche, & qui faisans les hypocrites, ont toûjours les yeux baissez en terre, sont ordinairement traîtres & flatteurs; c'est pourquoi Demneh ayant tous ces signes, j'ay

cru dire la verité en difant qu'il
ne valoit rien. Votre fcience
n'eft pas fûre, s'écria Demneh,
c'eft Dieu qui nous forme comme il lui plaît, & nous donne
telle phifionomie que bon lui
femble : Si ce que vous dites
étoit vray, & que chacun por-
tât écrit fur fon vifage tout ce
qu'il a dans l'ame, & que par là
on pût fans fe tromper, diftinguer les bons d'avec les méchans, il ne feroit pas befoin
d'avoir des Juges & des témoins
pour terminer les differens qui
naiffent dans la vie civile. Il
feroit même injufte de faire jurer les uns, & de donner la
queftion aux autres pour en tirer la verité, puifqu'on la verroit fi clairement. D'ailleurs,
fi les fignes dont vous venez de
parler, impofoient une neceffité

à ceux qui les ont, ne feroit-ce
pas une juſtice de châtier les
méchans, puiſqu'ils ne font pas
libres dans leurs actions. Il faudroit donc conclure, ſuivant
cette maxime, que ſi je ſuis cauſe de la mort de Choutourbeh,
ce qui n'eſt pas, je ne mérite pas
de châtiment, puiſque je ne
ſuis pas maître de mes actions,
& que j'ay été forcé par les
marques que je porte, à inven-
ter contre le bœuf les plus noi-
res calomnies ; vous voyez donc
par ce raiſonnement que le vôtre
n'eſt pas bon. Demneh ayant
fermé la bouche à celui des aſſi-
ſtans qui venoit de parler, perſonne n'oſa plus rien dire, ce
qui obligea le Cadis de le ren-
voyer encore une fois en priſon.
Comme Demneh en cet état
avoit beſoin de conſolation, il

voulut envoyer quelqu'un à Kelileh, pour lui dire qu'il le prioit
de le venir voir ; mais un renard
qui fe trouva là par hazard, lui
épargna cette peine en lui ap-
prenant la mort de fon ami, à
qui la douleur de le voir dans
une fi méchante affaire avoit
ôté la vie. Cette nouvelle tou-
cha fi vivement Demneh, que
ne fe fouciant plus de vivre, il
parut inconfolable. Le renard
effayoit de lui remettre l'efprit,
en lui difant que fi il avoit perdu un ami fi cher, il avoit en
récompenfe trouvé en lui un autre qui ne lui feroit pas moins
fidele. Demneh voyant qu'il
n'avoit plus perfonne en qui il
pût avoir de la confiance, & que
ce renard lui offroit fes fervices
de fi bonne grace, il les reçut.
Je vous prie, lui dit-il, d'aller

à la cour, & de me rapporter
fidelement ce qu'on y dit de moi;
c'est la premiere preuve d'amitié que je vous demande. Très-
volontiers, répondit le renard.
Adieu, je vous laisse, je vais
observer ce qui se passe à votre
égard; en même temps il partit.
Le lendemain à la pointe du
jour la mere du lion alla trouver son fils, à qui elle demanda
ce qu'on avoit fait de Dennech,
il est encore en prison, répondit
le Roy. Vous avez bien de la
peine à le condamner, reprit la
mere : Craignez qu'il ne vous
échape à la fin par son adresse.
Si vous voulez être présente,
dit le Roy, vous verrez ce qui
se résoudra. Après avoir dit cela, il ordonna qu'on fît venir
l'accusé, afin qu'on terminât son
affaire. Cet ordre fut executé

promptement, & le prisonnier
étant en présence des Juges qui
étoient assemblez, le Cadis se
leva, & fit la même demande
que le jour précedent; c'est-à-
dire, qu'il pria encore les assistans de parler s'ils avoient quelques choses à déposer contre
Demneh. Mais personne ne dit
rien. Ce que remarquant le renard : Je vois bien, s'écria-t-il,
que personne ne veut porter aucun faux témoignage, de peur
de s'exposer au châtiment qu'é-
prouva le fauconnier pour avoir
soutenu une fausseté.

㊟㊟㊟㊟㊟㊟㊟㊟㊟㊟ ㊟㊟㊟㊟㊟㊟㊟㊟㊟㊟

LA
FEMME VERTUEUSE
ET
SON ESCLAVE.
CONTE.

UN fort honnête homme
avoit une femme aussi sa-
ge que belle; il avoit pour esclave un garçon fort vitieux,
mais il ne pouvoit se résoudre à
le vendre, parce qu'il étoit bon
fauconnier. Or, comme c'est la
coûtume du Levant de tenir les
femmes cachées, suivant cette
loi cet esclave n'avoit jamais vu
sa maîtresse; mais un jour l'aïant
apperçue par hazard, il en de-

vint paſſionnément amoureux ; il
la fit ſolliciter par une confidente
à ſatisfaire ſes ſales deſirs, mais
il perdoit toutes ſes peines, ayant
affaire à une femme très-ver-
tueuſe. A la fin, deſeſperant de
s'en faire aimer, ſon amour ſe
changea en haine, & il médita
une ſanglante vengeance. Pour
cet effet il alla acheter au marché deux perroquets, à l'un
deſquels il apprit à prononcer
ces mots : *J'ay vû ma maîtreſſe
couchée avec un de ſes eſclaves ;*
& à l'autre, *Pour moy je ne dis
mot.* Peu de temps après, ſon
maître ayant convié quelques-
uns de ſes amis à un feſtin, &
tout le monde étant à table, ces
perroquets commencerent à ré-
peter leur leçon. Il faut ſçavoir
que l'eſclave leur avoit appris à
dire ces paroles dans le langage

de son pays, ce que le maître,
la maîtresse, ni les autres domestiques n'entendant pas, personne ne prenoit garde à cela ;
mais un des conviez, qui par
hazard étoit du même pays de
l'esclave, n'eut pas plûtôt oui
les perroquets, qu'il cessa de
manger ; le maître étonné lui en
demanda le sujet : N'entendez-
vous pas, répondit-il, ce que
disent ces oiseaux ; non, dit le
mary ; ils disent, reprit-il, qu'un
de vos esclaves abusant de votre
facilité, vous deshonore, & est
en intrigue avec votre femme.
Ce pauvre homme fut tellement
surpris d'entendre ces paroles,
demanda pardon à ses amis de
les avoir amené dans un lieu où
il se commettoit cette impure-
té. L'esclave alors se servant de
cette occasion pour aigrir davan-

tage son maître , dit que cela
étoit vray, & qu'il avoit vû plus
d'une fois sa maîtresse embrasser
un de ses camarades sans en oser
rien dire, ce qui mit cet homme
dans une si grande fureur, qu'il
commanda que l'on fît mourir
sa femme & cet esclave sur le
champ. Elle dit à ceux qui venoient pour executer le comman-
dement de son mari , qu'elle
étoit prête à souffrir le supplice
que l'on lui destinoit, mais qu'-
elle auroit souhaité que son mari
l'eût écoutée auparavant, parce
que si son innocence étoit recon-
nue, il se repentiroit inutilement
de l'avoir fait mourir ; cela aïant
été rapporté à ce mary , il la fit
venir dans un petit cabinet, &
lui ordonna de se tenir derriere
un voile, afin qu'elle se justifiât
si elle pouvoit : Car ces oiseaux,

difoit-il, ne font pas raifonnables,
& on ne peut pas les accufer de
fuppofition ni de corruption ;
comment vous juftifierez - vous
donc ? Vous êtes obligé, répondit la femme, de bien connoître
la verité avant de me condamner ; fçachez de ces meffieurs,
fi ces oifeaux ont une fuite de
difcours, ou s'ils répetent toûjours la même chofe. Si ils ne
difent que la même chofe, c'eft
un artifice dont s'eft fervi votre
efclave pour me mettre mal dans
votre efprit, ne pouvant obtenir
de moi les faveurs qu'il defiroit.
Cet homme jugeant par ce difcours que fa femme pouvoit n'ê-
tre point coupable, alla trouver
les conviez, leur porta ces oifeaux, & les fupplia de voir fi
pendant quelques jours ces perroquets diroient la même chofe,

ce que les conviez firent ; ils
trouverent en effet qu'ils ne sçavoient que la même leçon ; ils
en avertirent le mary, qui connut
l'innocence de sa femme & la
malice de son esclave. Il le fit
venir, il parut aussi-tôt avec un
faucon sur le poing. O méchant,
lui dit la femme ! Pourquoi m'a-
vez-vous accusé d'un si lâche
crime ? parce que vous l'avez
commis, répondit-il insolem-
ment ; il n'eut pas plûtôt répon-
du cela, que le faucon qui étoit
sur son poing lui sauta au visage
& lui creva les yeux. Voilà quel
fut le fruit de son insolence &
de sa calomnie.

Cet exemple, poursuivit Demneh, vous fait voir de quel importance il est de ne porter jamais aucun faux témoignage,
car cela tourne toûjours à notre

confusion. Après que le renard
eut cessé de parler, le lion regarda sa mere, & lui demanda
son avis. Je vois bien, répondit-
elle, que vous aimez ce méchant, qui ne causera que du désordre dans votre cour si vous n'y
prenez garde : Je vous supplie,
répondit le lion, de me dire qui
vous a si fort prévenu contre
Demneh. Il n'est que trop vrai,
répondit la mere du lion, qu'il a
commis le crime que l'on lui
impute ; mais je ne découvrirai
point la personne qui m'a confié
ce secret, cependant je vais sçavoir de lui s'il veut que je l'appelle à témoin, ce qu'elle fit sur
le champ. Elle se retira chez
elle & envoya querir le leopard ;
lorsqu'il fut arrivé, elle lui dit,
viens déclarer hardiment ce que
tu sçais de Demneh. Quel peril

qu'il y ait de rappeller à sa Majesté l'injustice qu'il a commise
en donnant la mort à Choutourbeh, disposez de moi comme il
vous plaira. La mere du lion
mena aussi-tôt le leopard devant
le Roy, à qui elle dit : Voici le
témoin irréprochable que j'ay à
produire contre Demneh. Alors
le lion demanda, s'adressant au
leopard, quelles preuves il avoit
de la perfidie de l'accusé. Sire,
répondit le leopard, j'ay voulu
quelques temps cacher cette verité, pour voir quelle raison il
apporteroit pour se justifier. A-
lors il fit un long récit de la conversation qu'il avoit entendue
entre Kelileh & Demneh ; cette
déposition ayant été faite en présence de plusieurs animaux, elle
ne tarda gueres à être divulguée
par tout, & être confirmée par

le finge dont j'ai parlé cy-deffus.
On interrogea le criminel, qui
ne fçut que répondre, ce qui dé-
termina enfin le lion à prononcer
fon arreft. Il fut condamné à
être enfermé entre quatre mu-
railles, où on le laiffa mourir
de faim.

Ces chapitres doivent apprendre aux trompeurs & aux flatteurs qu'ils doivent fe corriger,
je penfe avoir affez fait voir
qu'un méchant a prefque toûjours une fin malheureufe, outre qu'il fe rend odieux dans la
focieté. Celui qui plante des
épines ne doit pas efperer de
cultiver des rofes.

CHAPITRE III.

Comme il faut se faire des amis,
& quel avantage on peut
tirer de leur commerce.

VOUS venez, dit le Roy,
de me raconter l'histoire
d'un fourbe, qui sous de fausses
apparences d'amitié, a causé la
mort d'un innocent. Je vous prie
de me dire de quelle utilité sont
les amis dans la vie civile. Il
faut, répondit le Bramine, que
votre Majesté sçache que les
honnêtes gens n'estiment rien
tant au monde qu'un veritable
ami, parce que c'est un autre
nous-mêmes, à qui nous com-
muniquons nos plus secrettes
pensées, & qui en partageant
notre

notre joye, nous confolent quand
nous fommes affligez : ajoûtez à
cela que fa compagnie nous fait
beaucoup de plaifir ; quelques
Fables de Lokman que je vas
vous conter , vous feront mieux
comprendre quelles font les douceurs d'une amitié réciproque.

LE CORBEAU,
LE RAT,
LE PIGEON,
LA TORTUE,
ET LA GAZELLE.
FABLE.

IL y avoit aux environs de
Cachmir, un lieu très-agrea-
ble ; & comme il étoit rempli de
gibier, on y voyoit tous les jours

des chasseurs. Un corbeau apperçut au pied d'un arbre, au
haut duquel il avoit son nid, un
homme qui tenoit un filet en sa
main. Le corbeau eut peur, s'i-
maginant que c'étoit à lui que
le chasseur en vouloit ; neanmoins il cessa de craindre, lorsqu'il eut observé les mouvemens
du personnage, lequel après a-
voir tendu son filet à terre, &
répandu quelques grains pour
attirer les oiseaux, alla se cacher
derriere une haye. Il n'y fut pas
plûtôt, qu'une troupe de pigeons
affamez vint fondre sur les grains
sans écouter leur chef qui voulut les en empêcher, en leur disant qu'il ne falloit pas si bruta-
lement s'abandonner à ses passions. Ce sage chef qui étoit un
vieux pigeon nommé Montavala-
la, les voyant si indociles, eut

envie de s'éloigner d'eux ; mais
le deſtin qui nous entraîne im-
perieuſement , le contraignant
de ſuivre la fortune des autres ,
il deſcendit à terre avec eux.
Lorſqu'ils ſe virent tous ſous le
filet , & ſur le point de tomber
entre les mains du chaſſeur , qui
s'avançoit pour les prendre. He
bien ! leur dit Montavala , me
croirez-vous une autre fois ; je
vois bien , continua-t-il , s'appercevant qu'ils ſe débattoient , que
chacun de vous ne ſonge qu'à
ſe ſauver ſans ſe ſoucier de ce
que deviendra ſon compagnon.
Ce n'eſt pas là le procedé des
vrais amis , il faut ſonger à ſe
ſoulager les uns & les autres , &
peut-être qu'une action ſi charitable nous ſauvera tous. Effor-
çons-nous donc tous enſemble de
rompre le filet. Ils obeïrent tous

à Montavala, & firent en même temps un si grand effort, qu'ils arracherent le filet & l'enleve- rent en l'air. Le chasseur fâché de perdre une si belle proye, suivit les pigeons dans l'esperan- ce que la pesanteur du filet les lasseroit.

Cependant le corbeau voyant tout cela, dit en lui-même : voilà une avanture bien singuliere, j'en veux voir la fin ; pour cet effet il suivit de loin les pigeons. Montavala remarquant que le chasseur paroissoit résolu de ne les point abandonner : Ce mé- chant homme, dit-il à ses com- pagnons, ne cessera point de nous suivre, qu'il ne nous ait perdu de vûe. Allons du côté des bois & des vieux châteaux, afin que quelque muraille ou quelque forest bien épaisse, en

nous dérobant à ses yeux, l'oblige à se retirer. Effectivement
cet expedient réussit, une forest
empêchant bien-tôt le chasseur
de les voir, il retourna sur ses
pas fort affligé. Pour le corbeau
il les suivoit toûjours, & il n'a-
voit pas peu de curiosité de sçavoir comment ils se dégageroient
du filet qui les tenoit liez, afin
de se servir de ce secret en pareil cas.

Les pigeons ne voyant plus le
chasseur à leurs trousses, senti-
rent beaucoup de joye, mais ils
ne sçavoient que faire pour bri-
ser leurs liens ; Montavala qui
étoit fertile en inventions, en
trouva une pour cela. Il faut,
leur dit-il, nous adresser à quelqu'intime ami, qui sans trahison
nous détache : Je connois, ajoûta-t-il, un rat qui ne demeure

pas loin d'ici ; c'eſt un fidele a-
mi, il ſe nomme Zirac, il pourra ronger le filet, & nous donner la liberté. Les pigeons qui
ne demandoient pas mieux, y
conſentirent ; ils arriverent bien-
tôt auprès du trou où étoit le
rat, qui ſortit au bruit de ſes
aîles. Il fut fort ſurpris de voir
Montavala ainſi envelopé dans
un filet. O mon cher ami, lui
dit il, qui vous a mis en cet
état ; Montavala lui ayant conté
toute l'avanture, Zirac commença d'abord à ronger le filet
qui tenoit Montavala, mais Montavala lui dit : Je te prie de dégager premierement mes compagnons. Zirac qui ſouffroit à
le voir ainſi lié : Je te conjure
encore une fois, s'écria Montavala, de mettre mes compagnons
en liberté auparavant moi ; car

outre qu'étant leur chef, je fuis obligé d'en avoir foin, je crains que la peine que tu prendras à me détacher, ne t'empêche de continuer à rendre ce bon office aux autres ; au lieu que l'amitié que tu as pour moi, t'excitera à les délivrer promptement pour venir rompre mes chaînes. Le rat admirant ce raifonnement, loua la vertu de Montavala, & fe mit à brifer les liens des pigeons, ce qui fut bien-tôt fait. Montavala fe voyant en liberté avec fes compagnons, prit congé de Zirac, en lui faifant mille remercimens. Dès qu'ils furent partis, le rat rentra dans fon trou. Le corbeau qui confideroit tout cela, eut une extreme envie de faire connoiffance avec Zirac; pour cet effet, il s'approcha du trou, & appella le

rat par son nom. Zirac effrayé
de cette voix inconnue, demanda qui étoit là. Le corbeau répondit : C'est un corbeau qui a
quelque chose d'important à te
communiquer. Quelle affaire,
reprit le rat, pouvons-nous avoir
ensemble, nous qui sommes ennemis ? Alors le corbeau lui dit
qu'il souhaitoit d'être des amis
d'un rat qu'il sçavoit être un
ami sincere. Je te prie, repartit
Zirac, de chercher un animal
dont l'amitié convienne mieux à
la tienne. Tu perds le temps à
me vouloir persuader une amitié
incompatible. Ne vous arrêtez
point à ces incompatibilitez, dit
le corbeau, & faites une action
genereuse, en ne refusant à personne le secours qu'il desire de
vous. Vous avez beau, repliqua
Zirac, me parler de generosité,

je

je connois trop vos fineſſes ; en
un mot, nous ſommes d'une eſpece ſi differente, que nous ne
pouvons avoir de communica-
tions enſemble. L'exemple de la
perdrix qui accorda trop legerement ſon amititié à un faucon
qui la lui demandoit me ren-
dra ſage.

***※**※**※**※**:**※**※**※**

LA PERDRIX

ET

LE FAUCON.

FABLE.

UNE perdrix, pourſuivit
Zirac, ſe promenoit au
pied d'une coline, & chantoit ſi
agréablement, qu'un faucon qui
paſſoit par là, & qui l'entendit,

souhaitoit d'avoir son amitié.
Personne ne peut vivre sans un
ami, disoit-il en lui-même, puisque les Sages disent que ceux
qui n'ont point d'amis, sont dans
une maladie continuelle. Il voulut donc s'approcher de la perdrix ; mais elle ne l'eut pas plûtôt apperçu , qu'elle se sauva
dans un trou, agitée d'une fraïeur
mortelle. Le faucon ne laissa pas
de la suivre, & se présentant à
l'entrée du trou : O ma chere
perdrix, lui dit - il ; j'ai eu jusqu'ici de l'indifference pour vous
parce que je ne connoissois pas
votre mérite ; mais puisque mon
bonheur me le fait connoître
aujourd'hui, trouvez bon que je
vous offre mon amitié , & que
je vous prie de m'accorder la
vôtre. Tyran , répondit la perdrix, laissez - moi vivre, & ne

vous efforcez pas inutilement
d'accorder l'eau & le feu. Ai-
mable perdrix, repliqua le faucon, banniſſez ces vaines crain-
tes, ſoyez perſuadée que je vous
aime, & que je veux avoir commerce avec vous : Si j'avois un
autre deſſein, je ne m'amuſerois
point à vous parler avec tant de
douceur pour vous faire ſortir de
ce trou, j'ay de ſi bonnes ſerres,
que j'aurois déja attrapé plus
d'une douzaine de perdrix, depuis le temps qu'il y a que je
m'entretiens avec vous. Je ſuis
ſûr que vous ſerez bien aiſe d'ê-
tre mon amie. Premierement,
aucun faucon ne vous fera du
mal, dès que vous ſerez ſous ma
protection. Secondement, étant
dans mon nid, vous ſerez hono-
rée de tout le monde ; & enfin,
je vous donnerai ma femelle qui

vous tiendra compagnie. Quand tout cela seroit vrai, repartit la perdrix, je ne dois pas accepter la proposition que vous me faites ; car vous étant le prince des oiseaux , & moi un foible animal, si-tôt que je ferai quelque chose qui vous sera desagréable, vous ne manquerez pas de me tuer. Non , non, dit le faucon, ayez l'esprit en repos là-dessus: On pardonne aisément une faute à un ami. Enfin, le faucon témoigna tant d'amité à la perdrix, qu'elle ne put se défendre de sortir de son trou. Elle n'en fut pas plûtôt dehors, que le faucon se mit à l'embrasser tendrement, il la porta dans son nid, où pendant deux ou trois jours il ne songea qu'à la divertir. La perdrix ravie de se voir tant caressée, voulut parler plus librement

qu'elle n'avoit fait encore ; ce
qui commença de déplaire au
faucon, mais il diſſimula. Un
jour il tomba malade, ce qui
l'empêcha d'aller à la chaſſe ; la
faim vint, & comme il n'avoit
pas dequoi la ſatisfaire, il devint
chagrin. Sa mauvaiſe humeur
allarma la perdrix, qui ſe tenoit
en un coin dans une contenance
fort modeſte ; mais le faucon ne
pouvant plus ſoutenir la faim qui
le preſſoit, réſolut de faire à la
perdrix une querelle ſans raiſon.
Il n'eſt pas juſte, lui dit-il bruſ-
quement, que vous ſoyez à
l'ombre, pendant que tout le
monde eſt expoſé à l'ardeur du
ſoleil. La perdrix répondit en
tremblant, Roy des oiſeaux, il
eſt déja nuit, tout le monde eſt
à l'ombre auſſi bien que moi, &
je ne ſçai de quel ſoleil vous

voulez parler. Infolente, repliqua le faucon, eft-ce que je fuis un menteur ou un infenfé, en difant cela il fe jetta fur elle & la mangea.

N'efperez donc plus, pourfuivit le rat, que fur la foy de vos promeffes, je me mette au hazard d'éprouver avec vous le même fort. Entrez en vous-même, répondit le corbeau, & fongez que je ne puis faire un grand régal d'un petit corps comme le vôtre ; mais je fçai que votre amitié me peut être fort utile, ne me refufez donc pas cette grace. Les fages, reprit le rat, nous avertiffent de prendre garde de nous laiffer aller aux belles paroles de nos ennemis, comme ce cavalier dont voici l'hiftoire.

L'HOMME
ET
LA COULEUVRE.

FABLE.

UN homme monté fur un chameau paffoit par un bocage, il alla fe repofer dans un endroit d'où une caravanne venoit de partir, & où elle avoit laiffé du feu, dont quelques étincelles pouffées par le vent enflammerent un buiffon, dans lequel il y avoit une couleuvre. Elle fe trouva fi promptement environnée de flammes, qu'elle ne fçavoit par où fortir. Elle apperçut en ce moment cet homme dont je viens de parler, & elle

Z iiij

le pria de lui sauver la vie. Comme il étoit naturellement pitoyable, il dit en lui-même, il est vrai que ces animaux sont ennemis des hommes, mais aussi les bonnes actions sont très-estimables, & quiconque seme la graine des bonnes œuvres, ne peut manquer de cueillir le fruit des benedictions. Après avoir fait cette réflexion, il prit un sac qu'il avoit, & l'ayant attaché au bout de sa lance, il le tendit à la couleuvre qui se jetta aussi-tôt dedans. L'homme aussi-tôt le retira & en fit sortir la couleuvre, lui disant qu'elle pouvoit aller où bon lui sembleroit, pourvu qu'elle ne nuisît plus aux hommes après en avoir reçu un si grand service; mais la couleuvre répondit, ne pensez pas que je veuille m'en aller de la sorte.

Je veux auparavant jetter ma
rage fur vous & fur votre chameau. Soyez jufte, repliqua
l'homme, & dites-moi s'il eft permis de récompenfer le bien par
le mal. Je ne ferai en cela, repartit la coûleuvre, que ce que
vous faites vous-même tous les
jours ; c'eft-à-dire, reconnoître
une bonne action par une mau-
vaife, & payer d'ingratitude un
bien-fait reçu. Vous ne fçau-
riez, reprit l'homme, prouver
cette propofition, & fi vous me
montrez quelqu'un qui foit de
votre opinion, je confentirai à
tout ce que vous voudrez. Hé
bien, repartit la coûleuvre voïant
une vache, propofons à cette vache notre queftion, & nous ver-
rons ce qu'elle répondra ; l'homme y ayant confenti, ils s'approcherent de la vache, à qui la

couleuvre demanda comment il
falloit reconnoître un bien-fait ;
par son contraire, répondit la
vache, selon la loi des hommes,
& je sçay cela par experience.
J'appartiens, ajoûta-t-elle, à un
payfan, qui tire de moi mille
profits ; je lui donne tous les ans
un veau ; je fournis fa maison
de lait, de beure & de froma-
ge ; & à préfent que je fuis vieille, & que je ne fuis plus en état
de lui faire du bien, il m'a mis
dans ce pré pour m'engraisser,
dans l'efperance de me faire cou-
per la gorge un de ces jours par
un boucher, à qui il m'a déja
vendue. N'eft-ce pas là récompenfer le bien par le mal ? La
couleuvre prit la parole, & dit
à l'homme : Hé bien, ne vous
ai-je pas voulu traiter felon vos
coûtumes ? L'homme fut fort

étonné & répondit ; ce n'eſt pas
aſſez d'un témoin pour me convaincre, il en faut deux. Je le
veux , repliqua la couleuvre ,
adreſſons-nous à cet arbrequi eſt
devant nous. L'arbre ayant appris le ſujet de leur diſpute, leur
dit : Parmi les hommes , les bienfaits ne ſont récompenſez que
par des maux , & je ſuis un triſte
exemple de leur ingratitude. Je
garantis les paſſans de l'ardeur
du ſoleil : Oubliant toutesfois le
plaiſir que leur a fait mon om-
brage , ils coupent mes branches, en font des bâtons & des
manches de coignée , & par une
horrible barbarie , ils ſcient mon
tronc pour en faire des aïs. N'eſt-
ce pas là mal reconnoître un bien
fait reçu ? La couleuvre alors
regardant l'homme , lui deman-
da s'il étoit ſatisfait ; il ne ſçavoit

que répondre tant il étoit con-
fus ; neanmoins cherchant à se
tirer d'affaire, il dit à la couleuvre : Prenons encore pour juge
le premier animal que nous ren-
contrerons ; donne moi cette fatisfaction, je t'en prie, car tu
fçais que la vie est fort chere.
Pendant qu'il parloit ainsi, il
passa par là un renard que la
couleuvre arrêta, le conjurant
de mettre fin à leur different.
Le renard voulut fçavoir dequoi
il s'agissoit. J'ai rendu un grand
service à la couleuvre, dit l'homme, & elle me veut persuader
que pour récompense il faut me
faire du mal. Elle a raison, s'é-
cria le renard ; mais apprenez-
moi quel bien elle a reçue de
vous. L'homme lui raconta de
quelle maniere il l'avoit retirée
des flammes avec le petit sac

qu'il lui montra. Quoi, reprit le
renard en riant, vous prétendez
me faire accroire qu'une si groffe couleuvre eft entrée dans un
fi petit fac ? Cela me paroît impoffible, & fi la couleuvre y veut
rentrer pour me convaincre,
j'aurai bien-tôt jugé votre affaire : Très-volontiers, répondit la
couleuvre, & en même temps
elle entra dans le fac. Alors le
renard dit à l'homme : Tu es
maître de la vie de ton ennemi,
fers toi de cette occafion. L'homme auffi-tôt lia le fac, & le frapa
tant de fois contre une pierre,
qu'il affomma la couleuvre, &
finit par ce moyen la crainte de
l'un & les difputes de l'autre.

Cette fable, pourfuivit le rat,
vous apprend qu'il ne faut pas fe
fier aux belles paroles de fes ennemis, de peur de tomber dans

de pareils accidens. Tu as raifon,
dit le corbeau ; mais il faut auffi
fçavoir bien diftinguer les amis
d'avec les ennemis ; je te jure que
je ne m'éloignerai pas d'ici que
tu ne m'aye accordé ton amitié.
Zirac voyant que le corbeau agif-
foit franchement, lui dit : C'eft
un honneur pour moi de porter
le titre de ton ami, & fi j'ay fi
longtemps réfifté à tes follicita-
tions, ce n'a été que pour t'é-
prouver & pour te faire voir que
je ne manque pas d'efprit & d'a-
dreffe. En difant cela il fortit ;
mais il demeura à l'entrée du
trou. Que ne fors-tu hardiment,
demanda le corbeau , eft-ce que
tu n'es pas encore affuré de mon
affection ? Ce n'eft point cela ,
répondit le rat , mais je crains
tes compagnons qui font fur ces
arbres. Sois fans inquiétude là-

deſſus, repliqua le corbeau, ils
te regarderont comme leur ami,
car c'eſt une de nos coûtumes,
que quand un d'entre nous lie
une étroite amitié avec un animal d'un autre eſpece, nous ai-
mons tous cet animal. Le rat ſur
la bonne foi de ces paroles, s'approcha du corbeau, qui lui fit
forces careſſes, lui jurant une
amitié inviolable, & le priant
d'aller demeurer avec lui chez
une tortue de ſes amis, dont il
lui venta le bon caractere. J'ay
conçu tant d'inclinations pour
vous, dit le rat, que je vous
ſuivrai par tout deſormais comme vôtre ombre, auſſi-bien ce
n'eſt pas ici ma propre demeure.
Je ne me ſuis réfugié ici que par
un accident que je vous racon-
terois ſi je ne craignois de vous
ennuyer. Le corbeau lui répon-

dit : Mon cher ami, pouvez-vous
avoir cette crainte, & ne devez-
vous pas être persuadé que je
prends part à tout ce qui vous
regarde ? Mais la tortue, ajoûta-
t-il, dont l'amitié est une bonne
acquisition que vous ne pouvez
pas manquer de faire, sera bien-
aise d'entendre le récit de vos
avantures. En même temps il
prit le rat dans son bec, & le
porta chez la tortue, à laquelle
il apprit ce qu'il avoit vu faire à
Zirac. Elle felicita le corbeau
de s'être acquis un ami si parfait, & elle caressa le rat, qui
de son côté sçavoit trop bien vivre pour ne lui témoigner pas
qu'il étoit extrêmement sensible
à toutes les honnêtetez qu'elle
lui faisoit. Après beaucoup de
complimens de part & d'autre,
ils allerent tous trois se promener
au

au bord d'une fontaine. Enfuite
ayant choifi un endroit fort é-
carté du grand chemin, le corbeau preffa Zirac de raconter fes
avantures, ce qu'il fit de cette
forte.

Avantures de Zirac.

JE fuis né & je demeurois dans
une ville des Indes, nommée
Marout; j'avois choifi un lieu où
regnoit le filence, pour vivre
fans inquiétude; je goûtois les
douceurs d'une vie tranquille a-
vec quelques rats de mon humeur: il y avoit en notre voifinage un Moine qui fe tenoit dans
fon monaftere, pendant que fon
compagnon alloit à la quête; il
mangeoit une partie de ce qu'il
lui apportoit, & gardoit l'autre
pour fon fouper; mais il ne trouvoit jamais fon plat dans le même

état qu'il l'avoit laissé, car pendant qu'il étoit dans son jardin,
je me remplissois la pense, &
j'appellois mes compagnons, qui
s'acquittoient aussi bien que moi
de leur devoir. Le Moine voyant
sa pitance diminuée pestoit contre nous, & cherchoit dans ces
livres quelques recette ou quelques machines pour nous prendre ; mais tout cela ne lui servit
de rien, parce que j'étois toûjours plus fin que lui. Un jour
un de ses amis qui venoit de faire
un long voyage, entra dans sa
cellule pour le voir ; aprés qu'ils
eurent diné, ils se mirent à s'entretenir des voyages. Le moine
demanda à son ami ce qu'il avoit
vû de plus rare & de plus curieux dans les pays étrangers :
Le voyageur commença de lui
raconter tout ce qu'il avoit re-

marqué de plus beau, mais pendant qu'il s'amusoit à lui faire la description des endroits agreables par où il avoit passé, le Moine l'interrompoit de temps en temps par le bruit qu'il faisoit en frappant ses mains l'une contre l'autre, & battant du pied contre terre pour nous chasser, parce qu'effectivement nous faisions souvent des sorties sur les provisions, sans nous soucier de l'incivilité qu'il commettoit. Le voyageur à la fin trouvant mauvais que le Moine ne l'écoutât pas, lui dit brusquement : Vous ne deviez pas me retenir ici pour vous mocquer de moi. Dieu me garde, répondit le Moine tout surpris, de me mocquer d'une personne de mérite. Je vous demande pardon de vous avoir interrompu. Mais il y a dans ce

monaſtere une troupe de rats qui
me mangeront juſqu'aux oreilles, & il y en a un qui eſt ſi hardi, qu'il me vient mordre le nez
quand je ſuis au lit, & je ne ſçai
que faire pour l'attraper ; le voyageur parut ſatisfait des excu-
ſes du Moine, & lui dit : Il y a
quelque myſtere en cecy, & cet
avanture me fait ſouvenir d'une
hiſtoire que je vous raconterai
ſi vous voulez m'écouter avec
attention.

LE MARY

ET

LA FEMME.

CONTE.

UN jour le mauvais temps, continua-t-il, m'obligea de m'arrêter dans un bourg, où j'allai loger chez un de mes amis qui me reçut fort honnêtement. Après le souper, il me fit monter pour me reposer, dans une chambre qui n'étoit séparée de la sienne que par une cloison de bois, d'où j'entendis malgré-moi la conversation qu'il eut avec sa femme. Je veux, lui dit-il, convier demain les principaux de ce bourg, pour donner quelque

divertiſſement à mon ami, qui
m'a fait l'honneur de me venir
voir. Vous n'avez pas dequoi
entretenir votre famille, lui répondit ſa femme, & vous parlez
de faire beaucoup de dépenſe ;
penſez plûtôt à ménager un peu
de bien à vos enfans, & non pas
à faire des feſtins. La providence de Dieu eſt grande, reprit le
mary, & il ne faut pas ſonger
au lendemain, de peur qu'il ne
vous arrive ce qu'il arriva au
loup Je vais te faire le récit de
cette avanture.

❀❀❀❀❀❀❀❀❀❀❀❀

LE CHASSEUR
ET
LE LOUP.
FABLE.

UN chaſſeur revenant un
jour de la chaſſe avec un
dain qu'il avoit pris, apperçut
un ſanglier qui ſortoit d'un bois
& qui venoit droit à lui; bon,
dit le chaſſeur, cette bête aug-
mentera ma proviſion. Il banda
ſon arc auſſi-tôt, & décocha ſa
fleche ſi adroitement, qu'il bleſ-
ſa le ſanglier à mort. Cet animal
ſe ſentant bleſſé, vint avec tant
de furie contre le chaſſeur, qu'il
lui fendit le ventre avec ſes dé-
fenſes, de maniere qu'ils tom-

berent morts fur la place tous
deux.

Dans ce temps-là, il paffa dans
cet endroit un loup affamé, qui
voyant tant de viandes par terre,
en eut grande joye : Il ne faut
pas, dit-il en lui-même, prodiguer tant de biens; mais je dois,
ménageant cette bonne fortune,
conferver toutes ces provifions ;
neanmoins comme il avoit faim,
il en voulut manger quelque
chofe. Il commença par la corde
de l'arc , qui étoit de boyau ;
mais il n'eut pas plûtôt coupé la
corde, que l'arc qui étoit bien
bandé lui donna un fi grand
coup contre l'eftomac , qu'il le
jetta roide mort fur les autres
corps.

Cette fable, dit le mary, fait
voir qu'il ne faut point être ava-
re. Puifque cela eft ainfi , lui
dit

dit sa femme, invitez à dîner
demain qui bon vous semblera.

Le lendemain comme elle ap-
prêtoit à dîner, & qu'elle faisoit
une sauce avec du miel qu'elle
avoit acheté, elle vit tomber
dans le pot au miel un rat qui
lui fit mal au cœur ; ne voulant
plus se servir de ce miel, elle le
porta au marché, & prit des
pois en échange. Je me trouve
par hazard près d'elle, & je lui
demandai pourquoi elle faisoit
un marché si désavantageux, &
donnoit le miel au prix des pois ;
c'est qu'il vaut moins que les pois,
me répondit-elle tous bas. Je ne
doutai plus après cela qu'il n'y
eût quelque mystere là-dessous.
Il en est de même de ce rat, il
ne feroit pas si hardi s'il n'avoit
une raison de l'être, que nous
ne sçavons pas. Pour moy je

crois qu'il y a quelqu'argent caché dans son trou. Le Moine
n'eut pas plûtôt entendu parler
d'argent qu'il prit une coignée,
& fit si bien qu'en perçant la
muraille, il découvrit mon trésor, qui étoit une somme de mille
deniers d'or, que j'avois amassé
avec peine : Je les comptois tous
les jours ; je prenois plaisir à les
manier & à me rouler dessus,
faisant en cela consister tout mon
bonheur. Hé bien, dit le voyageur au Moine, n'avois-je pas
raison d'attribuer l'insolence de
ses rats, à une cause que nous
ignorions.

Je vous laisse à penser du désespoir dont je fus saisi, quand
je vis ma demeure ravagée de
la sorte ; je résolus de changer
de logis, mais tous mes compagnons me quitterent, & me firent

bien éprouver la verité de ce
Proverbe : *Quiconque n'a point
d'argent, n'a point d'amis.* D'ailleurs, les amis d'aujourd'hui ne
nous aiment qu'autant que notre
amitié leur est avantageuse. Un
jour on demandoit à un homme
qui étoit riche & qui avoit beaucoup d'esprit, combien il avoit
d'amis. Pour des amis de ce siecle, répondit il, j'en ai autant
que d'écus, mais pour des amis
veritables, il faut attendre que
je sois dans la misere ; car c'est
alors qu'on les connoît.

Pendant que je faisois des réflexions sur l'acident qui m'étoit
arrivé, je vis passer un rat, je
l'appellai, & lui demandai,
pourquoi il me fuyoit comme les
autres. Pense-tu, me répondit-
il, que nous soyons assez fous
pour t'aller servir pour rien ?

Lorſque tu étois riche nous é-
tions tes ſerviteurs, mais à pré-
ſent que tu es pauvre, nous ne
voulons point nous aſſocier à ta
pauvreté, parce que les plus mi-
ſérables de ce monde ſont ceux
qui n'ont rien. Tu ne dois pas
tant mépriſer les pauvres, lui
dis-je, puiſqu'ils ſont cheris de
Dieu. Il eſt vrai, répondit-il,
mais ce ne ſont pas les pauvres
qui ſont faits comme toi. Dieu
aime ceux qui ont quitté le monde, mais non pas ceux que le
monde a quittez. Je ne ſçus que
répondre à ſes paroles. Je de-
meurai pourtant encore chez le
Moine, pour voir ce qu'il feroit
de l'argent qu'il m'avoit ôté, je
remarquai qu'il en donna la moi-
tié à ſon ami, & que chacun
mettoit ſa part ſous ſon chevet ;
j'eus envie de leur aller enlever

cet argent, pour cet effet je
m'approchai doucement du lit
du moine; mais son ami qui ob-
servoit toutes mes actions, sans
que je m'en apperçusse, me jetta
un bâton si rudement, qu'il me
rompit quasi le pied; ce qui m'o-
bligea de gagner promptement
mon trou, ce ne fut pourtant pas
sans peine. Une heure après j'en
sortis pour la seconde fois, croyant le voyageur endormi: mais
il faisoit trop bien la sentinelle,
parce qu'il craignoit de perdre
sa bonne fortune. De mon côté
je ne perdis point courage, j'a-
vançai, & j'étois déja près du
chevet du moine, lorsque ma
témerité me pensa coûter la vie.
Le voyageur me donna un second coup sur la tête si adroitement, que me sentant tout étour-
di, je ne pouvois presque re-

B b iij

trouver l'entrée de mon trou,
cependant le voyageur me jetta,
pour la troisiéme fois un bâton,
mais comme il ne m'attrapa
point, j'eus le loisir de gagner
mon azile, où je ne fus pas
plûtôt, que je protestai de ne
poursuivre plus une chose qui
m'avoit coûté tant de peine &
d'inquiétude. Ensuite de cette
résolution je sortis du monastere, & me retirai dans l'endroit
où vous m'avez vû avec le pigeon. La tortue fut bien aise
d'avoir appris les avantures du
rat, qui lui dit en le caressant:
vous avez bien fait d'abandonner le monde & ses intrigues,
puisqu'on n'y sçauroit trouver
une parfaite satisfaction. Tous
ceux que l'avarice & l'ambition
agitent, se procurent la mort,
comme le chat, dont vous ne

serez pas fâché d'entendre
l'hiſtoire.

LE CHAT
Gourmand.

FABLE.

UN homme nourriſſoit chez
lui un-chat fort frugale-
ment, mais le chat qui étoit
gourmand, ne ſe contentant pas
de ſon ordinaire, furetoit de
tous côtez pour attraper quelque bon morceau. Paſſant un
jour au pied d'un colombier, il
y vit de petits pigeons qui n'a-
voient preſque point de plume
encore. L'extrême envie qu'il
avoit de tâter d'une viande ſi
délicate, lui faiſoit venir l'eau à

B b iiij

la bouche. Il monta au colombier sans regarder si le maître y
étoit ; il se préparoit à satisfaire
ses desirs, mais le maître ne vit
pas plûtôt le chat entré, qu'il
ferma la porte & les endroits
par où il pourroit sortir, il fit si
bien qu'il l'attrapa & le pendit
dans un coin du colombier. Le
maître du chat passa par hazard
par là, & quand il vit son chat
pendu : Ah! malheureux gourmand, lui dit-il, si tu t'étois contenté de ton petit ordinaire, tu
ne serois pas maintenant en cet
état. Voilà comme les gens insa-
tiables causent leur propre mort.
Outre cela les biens de ce monde n'ont point de constance. Les
Sages disent qu'il y a six choses
dont il ne faut point esperer de
fidelité. 1. D'une nuée, car elle
se dissipe en un instant : 2. D'une

feinte amitié, parce qu'elle paſſe comme un éclair. 3. De l'amour d'une femme, parce qu'elle change pour une bagatelle. 4. De la beauté, car la moindre injure du temps, une diſgrace ou une maladie la détruit. 5. Des fauſſes louanges, car ce n'eſt que de la fumée. 6. Des biens de ce monde, puiſque tout finit tôt ou tard.

Les gens d'eſprit, continua le rat, ne s'attachent jamais à la recherche de toutes ces choſes vaines; il n'y a que l'acquiſition d'un veritable ami qui les puiſſent tenter. Le corbeau prenant la parole, dit : Il eſt vrai qu'il n'eſt rien de comparable à une amitié parfaite & réciproque, je prétens vous le prouver par le récit de cette hiſtoire.

LES

DEUX AMIS.

CONTE.

UN homme entendit fraper
à sa porte à une heure in-
due, il demanda qui c'étoit, &
quand il sçut que c'étoit un de
ses meilleurs amis, il se leva &
s'habilla, ensuite commandant
à une jeune esclave fort jolie
d'allumer de la chandelle & de
le suivre, il l'alla trouver. Cher
ami, lui dit-il, en l'abordant,
je ne puis vous voir ici si tard,
sans m'imaginer que vous venez
ici pour m'emprunter de l'argent, pour me prier de vous servir de second, ou pour chercher

une compagnie qui vous diver-
tiſſe. J'ai pourvû à ces trois choſes , pourſuivit-il , ſi vous avez
beſoin d'argent voilà ma bourſe ;
ſi vous avez des ennemis je vous
offre mon bras & mon épée , &
ſi c'eſt l'amour qui vous met en
campagne , voilà une eſclave
qui eſt aſſez agreable pour vous
donner la ſatisfaction que vous
deſirez : en un mot, tout ce qui
dépend de moi eſt à votre ſervice. Je ne ſouhaite rien moins que
tout cela , répondit ſon ami : je
venois ſeulement voir l'état de
votre ſanté, parce que je craignois que le mauvais ſonge que
je viens de faire ne fût veritable.

Pendant que le corbeau racon-
toit cette fable, ils virent de loin
une gazelle ou chevreuil de
montagne, qui venoit à eux avec
une vîteſſe incroyable , ils cru-

rent qu'elle étoit pourſuivie,
c'eſt pourquoi ils ſe ſéparerent;
la tortue ſe gliſſa dans l'eau, le
rat ſe fourra dans un trou, & le
corbeau ſe cacha parmi les branches d'un arbre fort élevé. La
gazelle s'arrêta tout court au
bord de la fontaine, & le corbeau qui regardoit de tous côtez, n'appercevant perſonne, appella la tortue, qui parut d'abord
ſur l'eau. Comme la gazelle ſem-
bloit n'oſer boire, la tortue lui
dit, buvez hardiment, l'eau eſt
fort nette : Apprenez-moi, je
vous prie, pourquoi vous êtes ſi
échauffée, c'eſt, répondit la gazelle, que je viens de me ſauver
des mains d'un chaſſeur qui m'a
bien perſécutée. Ne vous éloignez pas d'ici, reprit la tortue,
& ſoyez de nos amies, notre commerce vous fera de quelqu'utilité

Les Sages difent que le nombre d'amis diminuent les peines,
& quand on a mille amis, il ne
les faut conter que pour un, &
au contraire, lorfque l'on a un
ennemi il le faut compter pour
mille, tant il eft dangereux d'a-
voir un ennemi. Enfuite de ce
difcours, le corbeau & le rat
s'approcherent de la gazelle, &
lui firent mille honnêtetez. Elle
en fut fi penetrée, qu'elle promit de demeurer avec eux toute
fa vie. Ainfi ces quatre amis
paffoient le temps fort agréablement enfemble ; mais un jour
que le corbeau, le rat & la tortue s'étoient affemblez à leur
ordinaire, la gazelle ne s'y trouva pas, ce qui les mit fort en
peine, ne fçachant quel accident lui pouvoit être arrivé. Le
corbeau s'éleva en l'air, pour

voir s'il ne la découvriroit point,
& comme il regardoit de toutes
parts, il l'apperçut de loin enga-
gée dans un filet qu'un chasseur
lui avoit tendu, cette nouvelle
les affligea extrêmement tous
trois. Il faut songer, dit la tortue, à tirer la gazelle du peril
où elle est. Le corbeau prit la
parole, & dit au rat: Il n'y a
que vous qui puissiez délivrer
notre bonne amie. Il faut promptement l'aller dégager, de peur
que le chasseur ne mette la main
dessus. Je ferai mes efforts pour
la délivrer, répondit le rat. Allons, ne perdons point de temps.
Aussi-tôt le corbeau prit Zirac,
& vola vers la gazelle. Etant
arrivez là, le rat commença de
ronger les liens qui tenoient les
pieds de la gazelle, & dans le
même moment arriva la tortue;

dès que la gazelle l'apperçut,
elle fit un grand cri : Pourquoi,
lui dit-elle, vous êtes vous ha-
zardée à venir ici. Comment,
répondit la tortue, vouliez-vous
que je soutinsse davantage une
absence qui m'étoit insupportable? O ma chere amie, repliqua
la gazelle, votre arrivée en ce
lieu me met plus en peine que
je ne l'étois de ma liberté : car
si le chasseur arrivoit maintenant, comment feriez-vous pour
vous sauver? Pour moi, je suis
déja presque déliée, & mon agi-
lité me délivreroit du danger de
tomber entre ses mains. Les autres trouveroient leur salut dans
la fuite ; vous seule ne pouvant
courir, deviendriez la proye du
chasseur. A peine la gazelle a-
voit prononcé ces paroles, qu'on
vit paroître le chasseur. La ga-

zelle qui étoit détachée gagna
pays, le corbeau s'envola, le rat
se retira dans un trou, & la
pauvre tortue demeura là. Quand
le chasseur arriva, il fut très-
fâché de voir son filet rompu. Il
regarda de tous côtez pour voir
s'il ne verroit rien, il apperçut
la tortue. Bon, dit il, je ne m'en
retournerai pas les mains vuides,
il faut que j'emporte cette tortue, c'est toûjours quelque chose. Il la prit & la mit dans son
sac, puis la jettant sur son épau-
le, il s'en alla. Quand il fut parti, les trois amis se rassemblerent, & ne voyant plus la tortue, ils jugerent de sa disgrace.
Alors ils formerent les plaintes
du monde les plus touchantes,
& verserent un torrent de larmes. A la fin le corbeau interrompit cette triste harmonie, en
disant:

difant : mes amis, nos regrets
ne foulagent point la tortue, il
faut fonger à la fauver. Les
grands difent que quatre fortes
de perfonnes ne font connuës
que dans quatre fortes d'occafions ; les hommes courageux
dans les combats ; les gens de
probité, lorfque l'on traite de
quelques affaires où il s'agit de
donner fa parole ; l'amitié d'une
femme, quand il arrive quelque
malheur à fon mari ; & enfin,
le veritable ami dans une extrême neceffité. Nous voyons notre
chere tortue dans un trifte état,
il la faut fecourir. Il me vient
dans l'efprit un bon expedient,
dit le rat, il faut que la gazelle
aille fe préfenter devant le chaf-
feur, qui, dès qu'il l'a verra, ne
manquera pas de mettre fon fac
par terre, dans le deffein de la

prendre. C'est bien avisé, dit la
gazelle, je ferai la boiteuse, &
m'éloignerai de lui peu à peu ;
en me suivant il s'éloignera de
son sac, ce qui donnera le temps
au rat de mettre en liberté notre bonne amie. Ce stratagême
fut approuvé ; la gazelle passa
devant le chasseur foible & boiteuse ; mon galant crut la tenir,
& mettant son sac à terre, il courut de toutes ses forces après la
gazelle, qui s'éloignoit à mesure
qu'il la poursuivoit ; cependant
le rat voyant le chasseur bien
loin, s'approcha du sac & ron-
gea le lien qui le tenoit fermé ;
la tortue en sortit & se cacha
dans un buisson : à la fin le
chasseur s'étant lassé de courir
inutilement après sa proye, revint à son sac, & n'y trouvant
plus la tortue, il en fut fort

étonné, il crut qu'il étoit dans la
région des lutkins & des esprits,
voyant tantôt une gazelle se délivrer de ses filets, & tantôt se
présenter devant lui en faisant
la boiteuse, & enfin la tortue,
qui est un animal sans force,
rompre le lien du sac & se sauver. Toutes ces considerations
frapperent son esprit d'une telle
frayeur, qu'il s'enfuit de toute
sa force, pensant avoir des fo-
lets à ses trousses. Après cela
les quatre amis se rassemblerent,
se firent de nouvelles protesta-
tions d'amitié, & jurerent de ne
se séparer jamais les uns des
autres qu'à la mort.

CHAPITRE IV.

Comme il faut toûjours se mé-
fier de ses ennemis, & sça-
voir parfaitement ce qui se
passe chez eux.

VENONS présentement,
dit Dabchelim, au qua-
triéme chapitre, qui est qu'un
homme d'esprit ne doit jamais
esperer d'amitié. Enseignez-moi,
ajoûta-t-il, de quelle maniere il
faut éviter leur trahison. On
doit, répondit le Bramine, se
défier des ennemis, quand ils témoignent de l'amitié, c'est pour
mieux cacher leurs mauvais desseins ; & quiconque aura de la
confiance en son ennemi, sera
trompé comme le hibou, dont

je vais conter la fable à votre
Majeſté.

॰ৡৢৣৡৢৣৡৢৣৡৢৣৡৢ : ৡৢৣৡৢৣৡৢৣৡৢ

LES CORBEAUX
ET
LES HIBOUX.

FABLE.

DANS une province de la
Chine, il y a une monta-
gne dont le ſommet ſe perd dans
les nues ; il y avoit au deſſus un
arbre dont les branches ſem-
bloient aller juſqu'au ciel ; elles
étoient toutes chargées de nids
de corbeaux, qui obeïſſoient
tous à un Roy nommé Birouz.
Une nuit le Roy des hiboux qui
s'appelloit Chabahang, c'eſt-à-
dire, Marche-nuit, vint à la

tête de son armée ravager la demeure des corbeaux, contre les-
quels une vieille haine les ani-
moit. Le lendemain Birouz assembla son conseil, pour déli-
berer sur les moyens dont ils se
serviroient pour se mettre à couvert des insultes des hiboux.
Cinq des plus habiles de sa cour
ayant appris les intentions de sa
Majesté, dirent leurs avis :
Grand Monarque, dit le premier, nous ne pouvons rien imaginer que votre Majesté n'ait
déja pensé auparavant nous ;
neanmoins puisque vous souhai-
tez que nous vous disions l'un
après l'autre ce que nous jugeons
à propos de faire pour nous venger des hiboux, nous devons
vous obeir. Je vous dirai donc,
Sire, que les Politiques ont toûjours tenu pour maxime, qu'il

ne faut point attaquer un ennemi plus fort que ſoi, autrement
c'eſt bâtir ſur le paſſage d'un
torrent. Le Roy ſe tournant du
côté du ſecond, lui ordonna de
parler : Sire, dit le Vizir ſecond, la fuite ne convient qu'aux
ames baſſes & timides ; il eſt plus
à propos de prendre les armes,
& d'aller venger l'affront que
nous avons reçu. Un Roy n'eſt
jamais en repos qu'il n'ait porté
la terreur dans le pays & dans
l'ame de ſon ennemi. Le troiſiéme Vizir dit enſuite ſon opinion.
Je ne blâme point, dit-il, le
conſeil de mes camarades, mais
auſſi je ne l'approuve pas. Je ſuis
d'avis d'envoyer des eſpions pour
connoître l'état & la force de
l'ennemi, & ſur leurs rapports
nous ferons la guerre ou la paix,
c'eſt le moyen de vivre en re-

pos. Un Roy doit toûjours travailler à conferver la paix dans
fon Royaume, tant pour le repos de fon efprit, que pour le
foulagement de fes fujets. Il ne
doit jamais déclarer la guerre
qu'à ceux qui troublent la paix,
& quand l'ennemi qu'il veut
combattre eft trop fort, il faut
avoir recours aux artifices, & fe
fervir de toutes les occafions qui
fe préfentent de leur nuire par
fineffe. Le quatriéme prenant la
parole, repréfenta au Roy qu'il
valoit mieux quitter le pays, que
de s'expofer à perdre la répura-
tion de léurs armes qui avoient
toûjours eu l'avantage fur leurs
ennemis. Que ce feroit une démarche trop honteufe aux corbeaux d'aller faire une foumiſſ-
fion aux hiboux, qui jufqu'alors
leur avoient été foumis; qu'il
falloit

falloit tâcher de pénetrer leurs
desseins, & se résoudre plûtôt à
combattre, qu'à subir un joug
ignominieux, puisqu'enfin la perte de la vie étoit moins considerable que celle de la réputation.
Le Roy qui après avoir oui ces
quatre Visirs, fit signe au cin-
quiéme de parler à son tour : Ce
Vizir se nommoit Carchenas,
c'est à dire, Intelligent. Le Roy
qui avoit confiance particuliere
en lui, le pria de dire avec sincerité ce qu'il jugeoit à propos
que l'on fît en cette affaire ; dé-
clarerons nous la guerre, ajoûta
le Roy ; proposerons-nous la paix
ou bien abandonnerons-nous ce
climat ? Sire, répondit Carchenas, puisque vous m'ordonnez
de parler avec franchise, il me
semble que nous ne devons pas
attaquer les hiboux, parce qu'ils

font en plus grand nombre que
nous ; il faut ufer de prudence,
cette vertu a fouvent plus de part
aux grands fuccés que la force
& les richeffes ; que vôtre Majefté avant que de prendre fa
derniere réfolution confulte encore fes Miniftres, leurs confeils
pourront vous aider à faire réuffir vos deffeins ; les fleuves ne
fe groffiffent que par les ruif-
feaux. Pour moi, je n'aime ni
la guerre ni les troubles, mais
je ne puis fouffrir qu'on ait la
lâcheté de faire des foumiffions.
Les gens d'honneur ne doivent
defirer une longue vie, que pour
laiffer à la pofterité des exemples de vertus dignes d'admiration. Nous ne devons même
prendre foin de nos jours, que
pour les expofer dans les occafions où l'honneur nous appelle ;

il faudroit mieux n'avoir jamais
été, que d'avoir mené une vie
obfcure. Ainfi je ne confeille pas
à votre Majefté de faire voir de
la timidité dans cette conjoncture ; mais vous devez prendre un
parti devant moins de monde,
afin que les ennemis ne puiffent
fçavoir vos deffeins.

Un des autres Miniftres interrompit en cet endroit Carchenas, & lui dit : A quoi penfez-
vous ? Pourquoi fe tiennent les
confeils, fi ce n'eft pour délibe-
rer entre plufieurs des affaires
importantes , & pourquoi voulez-vous qu'une déliberation
de cette confequence fe faffe
dans un cabinet où il n'y aura perfonne ? Les affaires des
Rois, dit Carchenas, ne font
pas celles des Marchands, qui
fe communiquent à toute la fo-

cieté ; les secrets des Princes ne
peuvent être découverts que par
leurs conseillers ou leurs ambassadeurs. Que sçavez-vous s'il n'y
a point ici des espions qui nous
écoutent, pour rapporter ce que
nous résoudrons à nos ennemis,
qui sur leur rapport ou prévien-
dront nos entreprises, ou du
moins les déconcerteront ? Les
Sages disent : Si vous voulez
avoir un secret, tenez le secret ;
autrement vous vous mettez au
hazard d'être trahi comme le
Roy Quechmir. Birouz qui é-
toit fort curieux, obligea Carchenas de lui raconter cette a-
vanture.

❊❊❊❊❊❊❊❊❊❊❊❊❊❊❊❊❊❊❊

LE ROY
ET
SA MAITRESSE.
CONTE.

DANS la ville de Quechmir
regnoit autrefois un Roy,
qui étoit aussi juste que puissant.
Ce Prince avoit une maîtresse
qui étoit si belle, que tous ceux
qui la voyoient, ne pouvoient se
défendre de l'aimer. Le Roy en
étoit tellement épris, qu'il la
vouloit voir incessamment ; mais
il s'en falloit beaucoup qu'elle
aimât autant le Roy qu'elle en
étoit aimée. L'attachement de
ce Prince flattoit sa vanité, sans
toucher son goût ; & comme le

cœur toutesfois est fait pour aimer, elle se laissa prévenir d'une
violente passion pour un page
qui étoit admirablement beau &
bien fait. Elle lui apprit bien tôt
par ses regards ce qu'elle sentoit
pour lui, & le page lui fit connoître par les siens qu'elle ne
pouvoit s'adresser à un homme
plus disposé à profiter d'une si
bonne fortune ; enfin il ne leur
manquoit qu'une occasion de se
parler en particulier, pour satisfaire des desirs que les obstacles
irritoient. Un jour que le Roy
étoit assis auprès de sa maîtresse
& qu'il la regardoit avec un extrême plaisir ; le page qui étoit
debout dans la même chambre,
de moment en moment jettoit
les yeux sur cette charmante
personne, & de son côté elle at-
tachoit sur lui les siens d'un air

ſi paſſionné, que le Roy s'en apperçut. Il ne comprit que trop
ce langage muet, & il en eut
tant de dépit & de jalouſie, qu'il
réſolut de les faire mourir tous
deux ; il diſſimula toutesfois ſon
deſſein, parce qu'il ne vouloit
pas agir avec précipitation ; il ſe
retira dans ſon appartement, où
il paſſa la nuit dans une rêverie
fort déſagreable. Le matin il alla donner audience à ſon peuple, & après avoir donné à ſes
ſujets la ſatisfaction qu'ils demandoient, il entra dans ſon
cabinet : il fit venir ſon Vizir,
& lui découvrit le deſſein qu'il
avoit de faire empoiſonner ſa
maîtreſſe & le page. Le Vizir en
ayant appris les raiſons, les ap-
prouva, promit de garder le ſecret, & puis ſe retira chez lui.
Il trouva ſa fille dans une grande

tristesse, il lui en demanda la cause : Mon pere, lui répondit la fille, la maîtresse du Roy m'a maltraitée sans raison, cela me fâche, & si je ne m'en venge point, je vous assure que ce n'est pas manque de bonne volonté. Consolez - vous ma fille, dit le Vizir, vous en serez bien - tôt délivrée.

Comme les femmes sont curieuses, la fille pressa tant son pere de lui apprendre de quelle maniere elle seroit vengée de son ennemie, qu'il fut assez foible pour lui réveler les desseins du Roy. Elle s'engagea par serment de ne le découvrir à personne; mais une heure ou deux après, l'eunuque de la maîtresse du Roy étant venu voir la fille du Vizir pour la consoler, il lui dit qu'il falloit souffrir les défauts

de son prochain. Bien tôt, interrompit - elle , avec un visage
riant, je ne la craindrai plus. Il
la pressa tellement de s'expli-
quer, qu'elle ne put s'en défendre ; elle lui raconta tout ce que
lui avoit dit son pere , après lui
avoir fait jurer qu'il garderoit
inviolablement le secret : mais
l'eunuque ne l'eut pas plûtôt
quittée, que croyant être plûtôt
obligé de trahir son serment que
de le garder , il alla trouver la
maîtresse du Roy , & lui fit part
de la résolution violente que le
Roy avoit prise contre elle. Il
n'en fallut pas davantage pour
la déterminer à tout tenter pour
prévenir le Roy ; elle envoya
chercher secrettement le page ,
avec lequel elle prit de si bonnes mesures, que le lendemain
matin on trouva le Roy mort
dans son lit.

Vous voyez par cette hiſtoire, continua Carchenas, que les Rois ne doivent découvrir leurs ſecrets qu'à des gens dont ils ont éprouvé la diſcretion & la fidelité. Mais quels ſecrets encore, dit Birouz, importe-t-il plus de cacher? Sire, répondit Carchenas, il y en a de telle nature, que les Rois ne les doivent confier qu'à eux-mêmes; c'eſt-à-dire, les tenir ſi cachez, que perſonne ne les puiſſe découvrir. Il y en a d'autres qu'ils peuvent communiquer aux Miniſtres fideles, & ſur leſquels ils doivent les conſulter. Birouz trouvant ce que diſoit Carchenas fort judicieux, s'enferma dans ſon cabinet avec lui, & devant que de parler de l'affaire dont il s'agiſſoit, il le pria de lui dire la funeſte origine de la haine des corbeaux & des hiboux. Sire, dit Carchenas, une seule parole a produit cette inimitié, dont nous venons d'éprouver de cruels effets.

~~~~~~~~~~~~~~~~~~~~~~~~~~~~~~~~~~~~~

L'ORIGINE

De la haine des Corbeaux & des Hiboux.

FABLE.

UN jour une troupe d'oiseaux s'assembla pour se choisir un Roy. Chaque espece prétendoit à la couronne. Enfin il y en eut plusieurs qui donnerent leur voix aux hiboux ; mais les autres ne voulant pas obéir à un si laid animal rompirent l'assemblée, & se jetterent les uns sur les autres avec tant de furie,

qu'il y en eut quelques-uns de
tuez. Le combat auroit duré plus
longtemps, fi pour le faire cesser
un oiseau ne se fût avisé de crier
aux combattans qu'ils s'arrêtas-
sent & qu'il voyoit venir un corbeau qu'il falloit prendre pour
juge. Tous les oiseaux y consen-
tirent unanimement, & quand
le corbeau fut arrivé, & qu'il
eut appris le sujet de la querelle, il leur parla de cette sorte : Etes-vous fous, messieurs,
de vouloir prendre pour votre
Roy, un oiseau qui traîne avec
lui tous les malheurs ensemble.
Voulez-vous mettre une mou-
che à la place d'un griffon ? Que
ne choisissez-vous plûtôt un
faucon, qui a du courage & de
l'adresse, ou bien un paon, dont
le port est si majestueux ? Pourquoi n'élevez-vous pas plûtôt sur

le trône une aigle, dont l'ombre
eſt ſi heureuſe, qu'elle fait les
Rois ; ou enfin un griffon, qui
par le ſeul bruit de ſes aîles fait
trembler les montagnes ? Quand
ces oiſeaux que je viens de nom-
mer ne ſeroient pas au monde,
il vaudroit encore mieux vivre
ſans Roy, que de vous rendre
ſujet d'un animal ſi affreux que
le hibou ; car outre qu'il a la
mine d'un chat, il n'a point
d'eſprit, & ce qui eſt inſurmon-
table, c'eſt que malgré ſa mauvaiſe mine il eſt orgueilleux, &
enfin, ce qui le doit rendre mé-
priſable à vos yeux, c'eſt qu'il
hait la lumiere de ce beau corps
qui anime toute la nature. Quittez donc, meſſieurs, un deſſein
qui vous eſt ſi préjudiciable,
procedez à l'élection d'un Roy,
& ne faites rien dont vous puiſ-

fiez vous repentir. Choififfez un
Roy qui vous gouverne avec
douceur , & qui vous foulage
dans vos befoins. Souvenez-vous
de ce lapin , qui fe difant am-
baffadeur de la lune , chaffa les
élephans de fa patrie.

LES ELEPHANS

ET

LES LAPINS.

FABLE.

IL arriva une année de feche-
reffe dans le pays des élephans aux Ifles de Bad, c'eft-à-
dire Vent ; de maniere qu'étant
preffez par la foif, & ne pouvant trouver de l'eau, ils s'a-
drefferent à leur Roy, pour l'a-

vertir d'y mettre ordre s'il ne les vouloit voir tous périr. Le Roy commanda auſſi-tôt de chercher par tout, & enfin on découvrit une ſource d'eau vive, à qui les anciens avoient donné le nom de Chaſchmamah ; c'eſt-à-dire, fontaine de la lune. Le Roy vint ſe camper avec toute ſon armée auprès de cette fontaine. La vûe des élephans mit au deſeſpoir un grand nombre de lapins, qui a-voient là leur garenne, parce que les élephans à chaque pas qu'ils faiſoient, écraſoient quelques lapins.

Un jour les lapins s'aſſemble-rent & allerent trouver leur Roy, & le ſupplierent de les dé-livrer de cette oppreſſion. Je ſçai bien, leur répondit le Roy, que je ne ſuis ſur le trône que pour le bien & le ſoulagement de mes

sujets ; mais vous me demandez
une chose qui passe mes forces,
neanmoins songez à quelqu'expedient entre vous autres , &
j'employerai tout mon pouvoir
pour le faire réussir. Un lapin
rusé voyant le Roy embarrassé &
fort touché de la peine dans laquelle il voyoit son peuple, s'a-
vança & dit : Sire, votre Majesté agit en Roy juste, quand le
soin de notre repos vous inquie-
te, & lorsque vous nous donnez
la liberté de dire nos avis, cela
m'inspire la hardiesse de vous
faire part d'une invention qui
me vient dans la tête , pour
chasser de ce pays les éléphans.
Sire, poursuivit-il , permettez
que j'aille trouver le Roy des
éléphans en qualité d'ambassa-
deur, & je consens que vous me
donniez quelqu'un qui m'accompagne,

pagne, & qui vous puiſſe raconter tout ce qui ſe paſſera. Non,
lui répondit obligeamment le
Roy, je ne veux pas que perſonne remarque vos actions, car
je vous crois fidelle, allez ſeulement, au nom de Dieu, & faites tout ce que vous jugerez à
propos, ſouvenez-vous ſeulement qu'un ambaſſadeur eſt la
langue d'un Roy; il faut que
tous ſes diſcours ſoient peſez, &
ſes paroles auſſi nobles que ſon
maintien qui repréſente la perſonne de ſon maître; on doit
choiſir pour ambaſſadeurs les
plus ſçavans hommes de l'Etat.
J'ai oui dire, qu'un des plus
grands Monarques du monde ſe
déguiſoit ſouvent, & ſe faiſoit
ſon propre ambaſſadeur. Pour
remplir dignement ce caractere,
voici les qualitez qu'il faut avoir;

de la fermeté, de l'éloquence, & des lumieres d'une étendue infinie, un esprit violent n'est pas propre pour cet emploi. Plusieurs ambassadeurs par une parole rude, ont excité des troubles dans le Royaume, & d'autres par une parole douce & agreable, ont réuni d'irréconciliables ennemis. Sire, dit le lapin, si je ne suis pas doué de toutes les qualitez dont votre Majesté vient de parler, je tâcherai du moins de les affecter. Ayant dit cela, il prit congé du Roy, & alla vers les éléphans; mais avant que d'y arriver, il pensa que s'il se mêloit parmi eux, il pourroit bien en être écrasé comme ses camarades; c'est pourquoi il monta sur une butte d'où il appellla le Roy des éléphans, qui n'étoit pas loin de

là. Je suis, lui dit-il, ambassa-
deur de la lune, écoutez ce que
j'ai à vous dire de sa part ; vou-
sçavez que la lune est une Déesse
dont le pouvoir n'est point limité
& qu'elle hait sur tout le men-
songe. Le Roy des élephans eut
grande peur en l'entendant parler de la sorte, & lui dit d'exposer le sujet de son ambassade. La
lune, reprit le lapin, m'envoye
ici pour vous dire que quiconque s'orgueillit de sa grandeur,
& méprise les petits, mérite la
mort. Vous ne vous êtes point
contenté d'opprimer les petits,
vous avez eu la témerité de troubler une fontaine consacrée à la
lune, où tout est pur : Je vous
avertis de vous en corriger, autrement vous serez infaillible-
ment punis. Si vous n'ajoûtez
pas foi à mes paroles, venez voir

la lune dans la fontaine, & puis retirez-vous. Le Roy des éléphans demeura fort étonné de ce discours, & alla aussi-tôt à la fontaine, dans laquelle il vit effectivement la lune, à cause que l'eau étoit fort claire, le lapin dit à l'éléphant : Prenez de l'eau pour vous laver, & faites votre adoration ; l'éléphant en prit, mais il troubla l'eau de maniere que la lune disparut. O méchant, dit alors le lapin, vous vous êtes approché avec trop peu de respect, de la fontaine, ce qui est cause que la Déesse est irritée : Retirez-vous promptement d'ici avec toute votre armée, de peur qu'il ne vous arrive quelque malheur. Le Roy des éléphans fut effrayé de cette menace, & commanda en tremblant à toute son armée de se retirer, ce qu'elle

fit, ainfi les lapins furent déli-
vrez de leurs ennemis par l'a-
dreſſe d'un de leurs compagnons.

Je n'ai cité cet exemple que
pour vous montrer qu'il faut que
vous faſſiez choix d'un Roy prudent & habile, qui vous aſſiſte
dans vos adverſitez, & non pas
d'un hibou qui n'a ni valeur ni
eſprit. Il n'a feulement que de la
malice qui vous fera funeſte,
comme le fut un chat à la perdrix, qui le pria de juger un
different qu'elle avoit avec un
autre oiſeau.

LE CHAT

ET

LA PERDRIX.

FABLE.

IL y quelque temps, continua
le corbeau que j'avois fait
mon nid fur un arbre, auprès
duquel il y avoit une perdrix de
belle taille & de bonne humeur.
Nous liâmes un commerce d'a-
mitié, & nous nous entretenions
fouvent enfemble. Elle s'abfenta
je ne fçai pour quel fujet, & demeura fi longtemps fans paroître, que je la croyois morte ;
neanmoins elle revint, & trouva
fa maifon occupée par un autre
oifeau : elle le voulut mettre

dehors, mais il refuſa de ſortir, diſant que ſa poſſeſſion étoit juſte. La perdrix de ſon côté prétendoit rentrer dans ſon bien, & tenoit cette poſſeſſion de nulle valeur. Je m'employrai inutilement à les accorder. A la fin la perdrix dit : Il y a ici prés un chat trés-dévot ; il jeûne tous les jours, ne fait mal à perſonne, & paſſe toute les nuits en prieres ; nous ne ſçaurions trouver un juge plus équitable ; l'autre oiſeau y conſentit ; ils allerent tous deux trouver ce chat de bien. La curioſité de le voir m'obligea de les ſuivre. En entrant je vis un chat debout très attentif à une longue priere, ſans ſe tourner de côté ni d'autre, ce qui me fit ſouvenir de ce vieux Proverbe : *Que la longue oraiſon devant le monde, eſt la clef de l'enfer*

J'admirai cette hypocrifie , &
j'eus la patience d'attendre que
ce venerable vieillard eût fini fa
priere. Aprés cela la perdix & fa
partie s'approcherent de lui fort
refpectueufement , & le fupplie-
rent d'écouter leur differend, &
de les juger fuivant fa juftice
ordinaire. Le chat faifant le
fourd écouta le plaidoyer de l'oifeau , puis s'adreffant à la perdrix : Belle fille ma mie , lui dit-
il , je fuis vieux & n'entend pas
de loin ; approchez-vous & hauf-
fez votre voix , afin que je ne
perde pas un mot de tout ce que
vous me direz. La perdix &
l'autre oifeau s'approcherent
auffi-tot avec confiance le voyant
fi dévot, mais il fe jetta fur eux
& les mangea l'un & l'autre.

Vous voyez par cet exemple
qu'il ne faut jamais fe fier aux
trompeurs,

trompeurs, & par conſequent
défiez-vous du hibou, qui ne
vaut pas mieux que le chat dont
je viens de parler. Les oiſeaux
perſuadez que le corbeau avoit
raiſon ne ſongerent plus au hibou, qui ſe retira méditant de
ſe venger du corbeau, pour lequel il conçut une haine que le
temps n'a fait depuis que fortifier de plus en plus.

Voilà, Sire, pourſuivit Carchenas, la cauſe de cette inimitié entre nous & les hiboux. Venons préſentement, dit le Roy
des corbeaux, aux meſures que
nous devons prendre pour répa-
rer l'affront que j'ai reçu. Carchenas reprit ainſi la parole : Sire, je ne ſuis point de l'avis de
vos autres Vizirs, qui veulent
la guerre, la fuite, ou une hon-
teuſe paix. Il faut ſuivre cette

Maxime : Quand la force nous
manque, on doit avoir recours
aux artifices, & tromper l'ennemi, en lui supposant une chose
pour une autre, comme vous l'allez voir par cet exemple.

LE DERVICHE
ET
LES VOLEURS.
CONTE.

UN Derviche avoit acheté
un mouton gras, dans le
dessein d'en faire un sacrifice. Il
l'avoit lié d'une corde & le tiroit
vers son monastere. Quatre voleurs qui l'apperçurent, eurent
envie d'avoir ce mouton, mais
ils n'oserent le lui ôter par force,

à cause qu'ils étoient trop près
de la ville, ils se servirent de ce
stratagême : Ils se séparerent,
& comme s'ils fussent venus de
divers endroits, ils aborderent
l'un après l'autre le Derviche,
qu'ils connoissoient pour un innocent. Le premier lui dit : Bon
homme, où menez-vous ce
chien ? Le second venant d'un
autre côté, lui cria, Venerable
vieillard, où avez-vous pris ce
chien; & enfin le troisiéme aïant
demandé au Derviche s'il vouloit aller à la chasse avec ce beau
chien, déja le pauvre moine
commençoit à douter que le
mouton qu'il menoit fût un mouton, lorsque le quatriéme voleur
acheva de lui troubler l'esprit,
en lui disant, combien avez-
vous acheté ce chien ? Le Derviche ne pouvant s'imaginer que

quatre perfonnes qui paroiſloient
venir de differens lieux, ſe trom-
paſſent, il crut que le marchand
qui lui avoit vendu ce mouton
étoit un ſorcier , qui lui avoit
faſciné la vue ; de maniere que
refuſant d'ajoûter foi au rapport
de ſes yeux , il demeura perſuadé que le mouton étoit un chien ;
& retournant ſur ſes pas , pour
obliger le marchand à lui rendre
ſon argent, il laiſſa le mouton que
les voleurs emmenerent.

Sire , dit Carchenas , votre
Majeſté voit par cette avanture
que ce qui paroît ne pouvoir être
executé par la force , le peut
être par adreſſe. Mais , interrompit le Roy , quelle invention
trouverons-nous pour nous venger des hiboux ? Que votre Majeſté , reprit Carchenas , ſe re-
poſe ſur moi du ſoin de ſa ven-

geance. Commandez feulement
que l'on m'arrache toutes les plumes, & qu'on me laiffe tout fanglant fur cet arbre. Ce ne fut
pas fans peine que le Roy Birouz
donna un ordre qui lui fembla fi
cruel; cependant il le donna, &
il alla avec fon armée attendre
Carchenas dans le lieu que cet
affectionné Vizir lui avoit marqué.

Cependant la nuit vint, & les
hiboux fiers de la victoire qu'ils
avoient remporté la nuit préce-
dente, revinrent pour rachever
la deftruction de l'odieufe efpece
des corbeaux; mais qu'ils furent
étonnez, lorfqu'ils ne trouverent
point l'ennemi qu'ils venoient
furprendre. Ils le cherchoient
inutilement de tous côtez, lorfqu'ils entendirent une voix
plaintive; c'étoit Carchenas qui

se plaignoit au pied d'un arbre.
Le Roy des hiboux s'approcha
de lui, & lui demanda de quelle
naissance il étoit, & quel rang
il tenoit à la cour de Birouz.
Carchenas ayant satisfait à toutes ses demandes : J'ai bien entendu parler de vous, lui répondit le Roy des hiboux ; mais
dites-moi où sont les corbeaux ?
Helas, dit Carchenas, l'état où
je suis vous fait assez connoître
que je ne puis vous l'apprendre !
Quel crime, reprit Chabahang
avez-vous commis, pour être
dans un état si déplorable ? Les
méchans corbeaux, repartit Carchenas, sur un leger soupçon,
m'ont traité de la sorte. Après la
défaite de notre armée, poursuivit-il, le Roy Birouz assembla
son conseil, pour trouver les
moyens de se venger d'un si san-

glant affront. Après avoir ouï
les differens avis de quelques
uns des Vizirs, il m'ordonna de
dire le mien : Je lui repréfentai
avec trop de franchife, que vous
étiez non-feulement fuperieur en
nombre, mais encore plus ague-
ris & plus vaillans que nous, &
par conféquent qu'il falloit demander la paix, & l'accepter à
quelques conditions que vous
nous la vouluffiez accorder. Le
Roy fe mit en colere contre moi,
& me dit : Traître, en méprifant ainfi mes forces, me veux-
tu faire craindre mes ennemis ?
& puis s'imaginant que je médi-
tois de me venir rendre à vous,
il ordonna qu'on me mît dans
l'état où vous me voyez.

Après que Carchenas eut a-
chevé ce difcours, le Roy des
hiboux demanda à fon premier

Vizir ce qu'il falloit faire de
Carchenas ? Il faut, répondit le
Vizir, le délivrer de ses peines
en lui ôtant la vie, & ne se point
fier à ses paroles, qui peuvent
être perfides. D'ailleurs, Sire,
souvenez-vous de ce vieux Proverbe : *Plus de morts moins d'en-*
nemis. Carchenas répondit triste-
ment à ce conseil, qui n'étoit
mauvais que pour lui : Vizir,
mon mal me tourmente assez, je
vous prie de ne point augmenter par ces menaces. Le Roy des
hiboux qui se sentoit pour Carchenas quelque pitié, s'adressa
au second Vizir, & lui dit de
parler. Ce Vizir ne fut pas de
l'avis du premier. Sire, dit-il au
Roy, je ne conseille point à votre Majesté de faire mourir ce
personnage. Les Rois doivent
assister les foibles, & secourir

ceux qui se jettent entre leurs
bras. Outre cela, poursuivit-il,
on peut quelquefois se servir uti-
lement de ces ennemis, comme
ce marchand dont je vais conter
l'histoire à votre Majesté.

LE MARCHAND,

SA FEMME

ET

LE VOLEUR.

CONTE.

UN marchand riche, mais
laid, & fort désagréable
de sa personne, avoit une femme
belle & vertueuse ; il l'aimoit
passionnément, & elle au contraire le haïssoit, & ne le pouvant souffrir faisoit lit à part.

Une nuit il entra un voleur dans leur chambre ; le mari étoit endormi, mais la femme qui ne l'étoit pas apperçut le voleur, & fut saisie d'une telle crainte, qu'elle courut embrasser son mari. Il se réveilla, & fut si transporté de joye de voir ce qu'il aimoit entre ses bras, qu'il s'écria : A qui dois-je un bonheur si rare ? J'en voudrois bien sçavoir l'auteur pour l'en remercier. A peine eut il prononcé ces mots, qu'il vit le voleur. O ! que tu sois le bien-venu, lui dit il, prends tout ce qu'il te plaira je ne sçaurois assez te payer le bon service que tu viens de me rendre.

On voit par cet exemple que nos ennemis nous servent quelquefois à obtenir des choses dont nous avons inutilement recherché la possession avec le secours

de nos amis. Ainſi ce corbeau
pouvant nous être utile, il faut
lui conſerver la vie, c'eſt à quoi
je conclus. Le Roy interrogea
le troiſiéme Vizir, qui répondit
Sire, non-ſeulement on ne doit
point faire mourir ce corbeau,
mais il faut même le careſſer, &
l'obliger par des bien-faits à nous
rendre quelque ſervice important. Les Sages étoient toûjours
d'attirer quelqu'un de leurs ennemis pour s'en ſervir contre les
autres, & enfin pour profiter de
leur diviſion. La diſpute que le
diable eut avec un voleur, fut
cauſe qu'ils ne purent ni l'un ni
l'autre nuire à un Derviche
très-vertueux. Chabahang aïant
ſouhaité d'entendre cette hiſtoire, le Vizir la raconta de cette
maniere.

LE DERVICHE,

LE VOLEUR

ET

LE DIABLE.

CONTE.

AUx environs de Babylone, il y avoit autrefois un Derviche, qui vivoit en vrai serviteur de Dieu ; il ne subsistoit que des aumônes qu'il recevoit, & au reste il étoit abandonné à la Providence, sans s'intriguer des choses du monde. Un de ses amis un jour lui envoïa un bœuf gras ; un voleur le voyant conduire, résolut de l'avoir à quelque prix que ce fût. En allant

au couvent, il rencontra le diable déguisé en homme. Il lui
demanda qui il étoit, & où il
alloit ; le diable lui répondit, je
suis le démon qui ai pris la forme que vous voyez, & je vais
à ce monastere pour tuer le moine qui y demeure, parce que
son exemple me nuit beaucoup,
en rendant plusieurs méchans,
hommes de bien. Je veux, continua-t-il, l'assassiner, puisque
jusques ici mes tentations ont
été inutiles. Mais vous, dites-
moi aussi qui vous êtes, & où
vous allez. Je suis, répondit le
voleur, un insigne larron, & je
vais à ce monastere comme vous
pour dérober un bœuf gras qui
a été donné au moine que vous
voulez tuer. Je suis bien aise,
repliqua le diable, que nous
soyons tous deux de la même

humeur, & que nous ayons deffein l'un & l'autre de faire du
mal à ce moine.

Pendant qu'ils s'entretenoient
de la forte, ils arriverent au con-
vent; la nuit étoit déja un peu
avancée; le Derviche avoit fait
ses prieres ordinaires, & s'étoit
couché. Le voleur & le diable
se préparoient à faire leur coup,
quand le voleur dit en lui-même : Le diable fera crier le moine en le tuant, si bien que les
voisins viendront aux cris , &
m'empêcheront de dérober le
bœuf. Le démon de son côté
raisonnoit en lui-même de cette
forte: Si le voleur va pour prendre le bœuf avant que j'aye executé mon dessein, le bruit qu'il
fera en ouvrant la porte, réveil-
lera le moine, qui se tiendra sur
ses gardes. C'est pourquoi il dit

au larron : Laiſſe-moi tuer premierement le Derviche, & puis
tu prendras le bœuf à ton aiſe.
Attends plûtôt que je l'aye pris,
répondit le voleur, après cela tu
aſſaſſineras le Derviche. L'un
ne voulant point ceder à l'autre,
ils ſe querellerent & en vinrent
enſuite aux mains. Le voleur ne
ſe ſentant pas le plus fort, ſe mit
à crier au Derviche : Bon homme, voici un démon qui te veut
tuer. Le diable ſe voyant découvert, s'écria : Au voleur, qui
veut dérober le bœuf ! Le moine ſe réveillant à ſes cris, appella
ſes voiſins; ce qui obligea le voleur & le diable à prendre la
fuite. Ainſi le moine ſauva ſa
vie & ſon bœuf.

Le premier Vizir ayant oui
conter cette fable, ſe mit en colere, & dit au Roy : Je vois

bien que vous vous laisserez
tromper par ce corbeau, comme
un menuisier se laissa tromper
par sa femme, comme je vais
vous le conter.

LE MENUISIER

ET

SA FEMME.

CONTE.

SIRE, il y avoit dans la ville
de Sarandib, un Menuisier
parfait en son art, qui possedoit
une femme si belle, que le soleil
sembloit emprunter la clarté de
ses yeux. Elle étoit tellement aimée de son mari, qu'il étoit au
désespoir lorsqu'il étoit obligé
de s'éloigner d'elle. Cette femme
étoit

étoit fi artificieufe, qu'elle avoit
trouvé le fecret de faire accroire
à fon mari qu'elle l'aimoit uni-
quement , quoiqu'elle eût plufieurs galants qu'elle ne rebutoit
point. Elle avoit pour voifin un
jeune homme trés-bien fait, qui
s'en fit aimer , de maniere qu'elle
commença de ne pouvoir plus
fouffrir les autres. Ils en devin-
rent fi jaloux, qu'ils avertirent
le Menuifier de ce commerce ;
ce bon mari n'en voulut rien
croire fans en être bien affuré ;
& pour apprendre une verité
qu'il craignoit de fçavoir, il fei-
gnit d'avoir un petit voyage à
faire ; & prenant quelques provifions , il dit à fa femme, qu'à
la verité le chemin n'étoit pas
long, mais qu'il devoit demeurer deux ou trois jours dans l'endroit où il avoit affaire , ce qui

le fâchoit extrêmement, puisqu'il ne la verroit point pendant
ce temps-là. Sa femme le paya de
la même monnoye, & se plaignit de cette absence, & même
pleura ; mais ce fut plûtôt de
joye que de douleur. Elle ap-
prêta tout ce qui étoit necessaire
pour le départ de son mari ; qui,
pour mieux dissimuler, lui re-
commanda de bien fermer la
porte de peur que les voleurs
durant son absence ne fissent
quelque desordre en sa maison.
Elle promit d'avoir grand soin
de toutes choses, & ne cessoit
point de s'affliger du départ de
son mari ; mais il ne fut pas plûtôt parti, qu'elle fit signe à son
amant de la venir trouver. Il
n'y manqua pas ; mais pendant
qu'ils étoient ensemble, le Menuisier revint au logis, y entra

sans être vu, & se mit dans un coin pour les observer.

Cependant le galand caressoit sa maîtresse, qui recevoit les caresses avec plaisir. Ils soupe-rent, & puis se deshabille-rent pour se mettre au lit; le Menuisier qui n'avoit rien vu jusques là qui pût le convaincre de sa honte, s'approcha douce-ment pour les prendre sur le fait; mais sa femme l'ayant re-marqué, dit tout bas à son a-mant de lui demander lequel elle aimoit davantage de lui ou de son mari. Aussi-tôt le galand haussant la voix, lui dit: M'ai-mez-vous plus que votre mari. Pourquoi, répondit la femme, me faites-vous cette question? Ne sçavez-vous pas que les fem-mes quand elles témoignent de l'amitié à quelqu'autre qu'à leur

mari, ce n'eſt que pour contenter leurs plaiſirs, & quand elles
ſont ſatisfaites elles n'y ſongent
plus. Pour moi, j'idolâtre mon
mari, je l'ai toûjours dans l'eſprit ; & ſelon moi une femme eſt indigne de vivre, ſi elle
n'aime pas ſon mari plus qu'elle
même. Ces paroles conſolerent
en quelque ſorte le Menuiſier,
qui ſe reprocha la mauvaiſe opinion qu'il avoit eu de ſa femme.
La faute qu'elle commet à pré-
ſent, dit-il en lui-même, doit
être imputée à mon abſence &
à la fragilité du ſexe. La perſonne du monde la plus chaſte,
peche d'effet ou de volonté ;
ainſi puiſqu'elle m'aime tant, je
lui pardonne ſon crime, & ne
veux pas lui ravir un moment de
plaiſir. Ce débonnaire époux,
après avoir fait ſes réflexions,

fe retira dans un coin , & leur
laiffa paffer la nuit à leur aife.

Le galand étant forti de grand
matin , la femme demeura dans
le lit, faifant l'endormie ; le mari alors s'approcha d'elle , & fe
mit à la careffer. Elle ouvrit les
yeux , & faifant l'étonnée , elle
dit à fon mari : Eh mon cœur ,
depuis quand êtes-vous de retour ? d'hier au foir , répondit
le Menuifier ; mais je n'ai point
voulu faire de mal à ce jeune
homme qui a couché avec vous ,
parce que vous fongiez à moi ,
pendant que vous receviez fes
careffes, que vous n'auriez pas
reçues , fi vous ne m'aviez cru
abfent. La femme à ces paroles
favorables lui demanda pardon ,
& le contenta de menfonges &
de fauffes marques de ten-
dreffe.

Cet exemple vous montre qu'il
ne faut pas se laisser gagner par
de belles parolles ; les ennemis
quand ils ne peuvent parvenir à
leurs desseins par la force, ont recours aux artifices & s'humilient
pour tromper. Carchenas en cet
endroit s'écria : O vous, qui me
tendez le bout de vos fleches !
Pourquoi dites-vous tant de choses inutiles pour augmenter mon
mal ? Quelle apparence de perfidie trouvez-vous dans une personne blessée comme je le suis ?
Quel fou voudroit souffrir tant
de mal pour faire du bien à un
autre ? C'est, repartit le Vizir,
en quoi consiste la finesse , la
douceur de la vengeance que tu
médite, te fait dévorer tes douleurs ; tu veux te rendre recom-
mandable comme le singe qui
sacrifia sa vie pour sa patrie. Je

conjure le Roy d'écouter cette histoire.

* * *

LES SINGES
ET
LES OURS.

FABLE.

UN grand nombre de fin-ges demeuroient dans un pays rempli de toutes fortes de fruits, & fort agreable. Un ours paffant par hazard, & con-fiderant la beauté de ce féjour & la douce vie des finges, dit en lui-même ; il n'eft pas jufte que ces petits animaux foient fi heureux, pendant que je cours les bois & les montagnes pour trouver dequoi manger. En mê-

me temps il alla vers les singes,
& en tua quelques-uns dans son
dépit; mais ils se jetterent tous
sur lui, & comme ils étoient en
très grand nombre, ils le mirent
tout en sang, de façon qu'il
n'eut pas peu de peine à se sauver. Ainsi puni de sa témérité
il gagna une montagne où il fit
tant de cris, qu'il attira une
troupe d'ours, à qui il raconta
son avanture; ils se moquerent
tous de lui: Tu es bien poltron,
lui dirent-ils, de te laisser battre
par ces petits animaux; il ne faut
pas toutesfois souffrir cet affront,
& nous devons nous en venger
pour l'honneur de la nation.
Effectivement à l'entrée de la
nuit ils descendirent tous de la
montagne, & allerent fondre
sur les singes, qui ne songeoient
à rien moins qu'à l'irruption. Ils
étoient

étoient tous retirez & prenoient leur repos, lorſqu'ils furent enveloppez par les ours qui en tuerent une partie, le reſte ſe ſauva en déſordre. Ce lieu plut tellement aux ours, qu'ils le choiſirent pour leur demeure; ils prirent pour Roy celui d'entre eux qui avoit été ſi maltraité, & après cela ils ſe mirent à manger les proviſions que les ſinges avoient amaſſées.

Le lendemain au point du jour, le Roy des ſinges qui ne ſçavoit rien de tout ce déſordre, parce qu'il étoit à la chaſſe depuis deux jours; en revenant au logis, rencontra pluſieurs ſinges eſtropiez, qui lui raconterent tout ce qui s'étoit paſſé le jour précedent. Le Roy à cette fâcheuſe nouvelle ſe mit à pleurer & à regretter le beau tréſor

qu'il avoit perdu , accusant le
ciel d'injustice , & la fortune
d'inconstance , outre cela ses sujets le pressoient de se venger;
de maniere que ce pauvre Roy
ne sçavoit de quel côté se tourner. Parmi tous ces singes qui s'é-
toient ralliez , il y en avoit un
nommé Maimon , qui étoit un
des plus habiles & des plus sçavans de la cour & le favori du
Roy; voyant son maître triste
& ses compagnons consternez,
il s'avança & leur dit : Ceux
qui ont de l'esprit ne s'abandon-
nent jamais au désespoir, qui
est un arbre qui ne porte que
du mauvais fruit, & la patience
au contraire , fournit mille inventions pour sortir des plus fâcheux embarras. Le Roy que ce
discours rendit plus tranquille,
dit à Maimon : Comment pour-

rons-nous avec honneur nous tirer d'une si dangereuse affaire?
Maimon pria sa Majesté de lui
donner une audience secrette, &
après l'avoir obtenue, il parla en
ces mots : Sire , ma femme &
mes enfans ont été massacrez par
ces tyrans; jugez de ma douleur,
de me voir privé pour jamais
des douceurs que je goûtois au
milieu de ma famille. Je suis résolu de mourir pour terminer
mes déplaisirs ; mais je veux que
ma mort soit funeste à tous mes
ennemis. O Maimon , dit le Roy,
on ne souhaite de se venger de
ses ennemis , que pour se procu-
rer du repos ou une satisfaction
d'esprit ; mais quand vous serez
mort, que vous importe que le
monde soit en guerre ou en paix?
Sire, reprit Maimon , dans l'état

où je suis, la vie m'étant insupportable, je l'immole avec plaisir au bonheur de mes compagnons. Toute la grace que je demande à votre Majesté, c'est de vous souvenir quelquefois de ma generosité quand vous serez rétabli dans vos Etats. Commandez qu'on m'arrache les oreilles & les dents, qu'on me coupe les pieds, & puis qu'on m'abandonne la nuit dans le coin de la forest où nous étions logez. Retirez-vous, Sire, avec ce qui vous reste de sujets ; éloignez-vous d'ici de deux journées, & à la troisiéme vous pourrez revenir à votre palais, parce que les ennemis n'y seront plus. Le Roy fit avec douleur executer ce que Maimon desiroit, & le laissa dans le bois, où il ne cessa toute la nuit de faire les plaintes du monde les plus touchantes.

Le jour étant venu, le Roy des ours qui avoit oui la voix de Maimon, s'avança pour voir ce que c'étoit, & voyant le pauvre singe en cet état, il en fut touché de compassion malgré son humeur cruelle ; il lui demanda qui l'avoit maltraité de la sorte, & qui il étoit ? Maimon jugeant par les apparences que c'étoit le Roy des ours qui lui parloit, le salua, & lui dit : Sire, je suis le Vizir du Roy des singes, j'étois allé à la chasse avec lui, & à notre retour ayant appris le ravage que votre Majesté avoit fait dans nos maisons, il me tira en particulier, pour me demander ce que je croyois qu'il y eût de meilleur à faire dans cette conjecture. Je lui répondis sans balancer, qu'il falloit nous met-

tre sous votre protection pour
vivre en repos. Le Roy mon
maître dit là dessus beaucoup de
chose contre l'honneur de votre
Majesté, ce qui fut cause que
je pris la hardiesse de lui repré-
senter que vous étiez un Roy
couvert de gloire, & plus puissant que lui. Il fut tellement
irrité de mon audace, qu'il me
fit mettre sur le champ dans l'é-
tat où vous me voyez, & puis
il me dit d'un air furieux : Va
avec mes ennemis, puisque tu
tiens leur parti ; je vairai comme ils te vengeront ; après cela
il me fit transporter en cet endroit. Maimon n'eut pas plûtôt
achevé ce discours, qu'il se mit
à répandre des larmes en si grande abondance, que le Roy des
ours en fut attendri, & ne put
s'empêcher de pleurer aussi. Il

demanda à Maimon où étoient les
singes? Dans un desert nommé
Mardazmay, répondit-il, où ils
amassent une puissante armée;
& je ne doute pas que vous ne
les voyez bien-tôt venir à vous.
Le Roy des ours effrayé de cette
nouvelle, interrogea Maimon
sur les moyens de se garantir des
entreprises des singes. Que votre Majesté, repartit Maimon,
ne les craigne point, si je n'a-
vois pas les pieds rompus, je
m'en irois avec une troupe de vos
gens, & je les mettrois bien-tôt
en fuite. Je ne doute pas, dit le
Roy, que vous ne sçachiez les
avenues de leur camp; condui-
sez-nous où ils sont, nous vous
en serons obligez, & nous vous
vengerons de leur barbarie. Cela m'est impossible, reprit Maimon, parce que je ne puis mar-

cher. Il y a remede à tout, reprit le Roy, & je trouverai bien
une invention pour vous conduire. En même temps il appella
son armée, & lui commanda de
se tenir prête pour partir, & en
état de combattre. Ils obéïrent
tous, & attacherent Maimon
pour leur servir de guide sur la
tête d'un des plus grands ours.

Maimon les conduisit dans le
desert Mardazmay, où il souf-
floit un vent empoisonné, & où
la chaleur étoit si grande, qu'on
n'y voyoit aucun animal ; quand
les ours furent entrez dans ce
dangereux desert, Maimon pour
les engager plus avant, les pres-
soit, disant : Allons vîte pour
les surprendre avant le jour. Ils
marcherent toute la nuit ; mais
le lendemain ils furent bien étonnez de se trouver dans un lieu si

funeste ; non-seulement ils ne
virent paroître aucuns singes ,
mais ils s'apperçurent que le soleil avoit échauffé l'air d'une
telle sorte , que les oiseaux qui
voloient, tomboient tout grillez;
& le sable y étoit si brûlant, que
les pieds des ours étoient tous
rôtis. Alors le Roy dit à Maimon: En quel desert nous avez-
vous menez, & quel tourbillon
enflammé vois-je venir à nous ?
Le singe voyant qu'ils alloient
tous perir, parla franchement,
& répondit au Roy des ours :
Tyran, nous sommes dans le
desert de la mort, ce tourbillon
qui s'approche est la mort même
qui vient te punir de tes tyran-
nies. Pendant qu'il parloit ainsi,
le tourbillon arriva & les con-
suma tous.

Deux jours après le Roy des

singes retourna dans son palais,
comme lui avoit dit Maimon,
& n'y trouvant plus d'ennemis,
continua de vivre en paix avec
ses guenons.

Votre Majesté, poursuivit le
Vizir, voit par cet exemple qu'il
ne faut point se fier aux belles
paroles de ses ennemis, il faut
que celui-là perisse qui tâche de
nous faire perir. Ce discours mit
en colere le Roy des hiboux,
qui dit brusquement au Vizir:
Pourquoi voulez-vous empêcher
que ce pauvre miserable éprouve ma clémence? Ne sçavez-
vous pas que vous pouvez tomber dans le malheur qui lui est
arrivé? En même temps il commanda à ses chirurgiens de penser Carchenas, & d'en avoir un
soin particulier: Carchenas se
gouverna si bien, qu'en peu de

temps il fut aimé de toute la cour.
Le Roy des hiboux lui donna sa
confiance, & commença à ne
rien faire sans le consulter. Un
jour Carchenas harangua le Roy
en présence d'un grand nombre
de courtisans, & voici ce qu'il
dit : Sire, le Roy des hiboux
m'a si injustement maltraité, que
je ne mourrai point content
que je ne sois vengé. Il y a longtemps que j'en cherche les
moyens dans ma tête ; mais j'ai
songé que je ne puis me venger honnêtement ni surement
tant que j'aurai la figure d'un
corbeau. J'ai oui dire à des hommes d'esprit, que celui qui a été
maltraité par un tyran, s'il fait
quelque souhait, il faut qu'il se
mette dans le feu ; pendant qu'il
y sera tous les vœux qu'il fera
seront exaucez. C'est pourquoi

je supplie votre Majesté de me
faire jetter dans le feu, afin que
au milieu des flammes je demande à Dieu qu'il me change
en hibou, peut-être qu'il exau-
cera ma priere, alors je sçaurai
bien me venger de mon ennemi.
Le hibou Vizir qui avoit parlé
contre Carchenas, étoit en cette
assemblée, il s'écria : O traître !
à quoi tend ce langage, tu médite une perfidie ? Sire, ajoûta-
t-il, se tournant vers le Roy,
vous avez beau caresser ce méchant, il ne changera jamais de
naturel ; la souris fut métamor-
phosée en fille, & toutesfois elle ne
laissa pas de souhaiter d'avoir un
rat pour mari. Vous aimez fort à
raconter des fables, dit le Roy
en raillant, je consens d'écouter
encore celle-là, mais je ne vous
réponds pas que j'en profite beaucoup.

LA SOURIS
changée en Fille.

FABLE.

UN homme de bien se pro-
menant un jour au bord
d'une fontaine, vit tomber à ses
pieds une souris du bec d'un
corbeau, qui ne la tenoit pas
trop bien. Cet homme par pitié
la prit, & la porta chez lui ;
mais craignant qu'elle ne fît
quelque désordre, il pria Dieu
de la changer en une fille, ce
qui lui fut accordé ; de maniere
qu'au lieu d'une souris il vit tout
d'un coup une petite fille qu'il
fit élever. Quelques années après
le bon homme la voyant assez
grande pour être mariée, lui dit :

choisis dans toute la nature l'être
que tu voudras , je te promets
de te le faire épouser. Je veux ,
répondit la fille, un mari qui soit
si fort, qu'il ne puisse être vaincu. C'est donc, repliqua le vieillard , le soleil que tu demande ?
C'est pourquoi le lendemain il
dit au soleil : ma fille desire un
époux qui soit invincible , vou-
driez-vous bien l'épouser ; mais
le soleil lui répondit : la nuée
empêche ma force , adressez-
vous à elle. Le bon homme fit
le même compliment à la nuée ;
le vent , lui dit-elle ; me fait aller
où bon lui semble. Le vieillard
ne se rebuta point , & pria le
vent d'épouser la fille ; mais le
vent lui ayant représenté que sa
force étoit arrêtée par la montagne, il s'adressa à la montagne :
le rat est plus fort que moi ,

répondit-elle, puisqu'il me perce
de tous côtez, & pénetre jusques
dans mes entrailles. Le vieillard
enfin alla trouver le rat, qui con-
sentit de se marier avec sa fille,
disant qu'il y avoit longtemps
qu'il cherchoit une femme. Le
vieillard retourna au logis, &
demanda à sa fille si elle vouloit
épouser un rat ; il s'attendoit à
la voir témoigner de l'horreur
pour ce mariage, mais il fut bien
étonné quand il vit qu'elle manquoit beaucoup d'impatience d'ê-
tre mariée au rat, le bon homme
aussi tôt se mit en priere, pour
demander que la fille devint
souris, ce qu'il obtint.

Le Roy des hiboux attri-
buant ces remontrances à la ja-
lousie qu'il croyoit que le Vizir
avoit du corbeau, n'en fit guere
de cas. Cependant Carchenas

obſervoit les entrées & les ſortïes
des hiboux, & quand il fut parfaitement inſtruit de toutes choſes, il les quitta ſecretement &
retourna vers les corbeaux. Il
apprit à ſon Roy tout ce qui s'é-
toit paſſé, & lui dit : Sire,
c'eſt maintenant que nous pouvons nous venger de nos ennemis ; dans une caverne il y a une
montagne où tous les hiboux
s'aſſemblent tous les jours, elle
eſt environnée de bois, votre
Majeſté n'a qu'à commander à
toute ſon armée de porter une
grande quantité de ce bois à la
porte de la caverne. Pour moi,
je me tiendrai auprès, & avec
du feu que j'aurai pris aux caba-
nes des bergers voiſins, j'allu-
merai le bois ; alors tous les corbeaux battront des aîles alen-
tour, afin de l'allumer davantage.

ge , ainſi les hiboux qui ſorti-
ront ſeront brûlez des flammes,
& la fumée étouffera ceux qui
demeureront.

Ce conſeil plut au Roy des
corbeaux. Il ordonna à tout ſon
monde de partir ; enfin, on fit
ce qu'avoit dit Carchenas , &
tous les hiboux perirent. On
voit par cet exemple qu'il eſt
quelquefois neceſſaire de ſeſou-
mettre à ſes ennemis, pour en
tirer raiſon. La fable qui ſuit
peut encore en ſervir de preuve.

LE SERPENT

ET

LES GRENOUILLES.

FABLE.

UN serpent devenu vieux
& foible , & ne pouvant
plus chaffer , se plaignoit des in-
commoditez de sa vieilleffe , &
regrettoit inutilement la force
de ses premieres années ; la faim
lui fit pourtant trouver ce stra-
tageme pour subsister. Il alla
au bord d'une fontaine où de-
m uroit une infinité de grenouilles qui avoient élu un Roy pour
les gouverner. Le serpent affecta d'être fort triste & malade ;

une grenouille lui demanda ce qu'il avoit : J'ai faim, répondit-il ; je vivois autrefois des grenouilles que je prenois, mais je suis présentement si malheureux, que je n'en puis prendre aucunes. La grenouille alla promptement donner avis à son Roy de l'état & de la réponse du serpent. Sur ce rapport, le Roy se transporta lui-même sur le lieu pour considerer le serpent, qui lui dit : Sire, un jour voulant prendre une grenouille, elle s'enfuit chez un Moine, & entra dans une chambre obscure où dormoit un petit enfant ; comme je suivois ma proie, j'entrai aussi dans la chambre, je sentis le pied de l'enfant, & m'imaginant que c'étoit la grenouille je le mordis, de maniere que l'en-

fant mourut auffi tôt. Le Moine
irrité de mon audace, me pourfuivit de toute fa force, mais ne
pouvant me joindre, il demanda
à Dieu que pour me punir de
mon crime, je ne puffe jamais
attraper de grenouilles, à moins
que leur Roy ne m'en donnât
par charité, & enfin il ajoûta
qu'il fouhaitoit que je devinffe
leur efclave, & que je leur o-
béiffe. Ces prieres du Moine
ont été exaucées, & je viens
pour me foumettre à vous, &
pour obéir à vos ordres, puifque
c'eft la volonté de Dieu.

Le Roy des grenouilles le
reçut avec orgueil, & lui dit
fierement qu'il le ferviroit de
lui. Le ferpent durant quelques
jours porta le Roy fur fon dos;
mais il lui dit à la fin : Puiffant

Monarque, si vous voulez que
je vous serve longtemps, il faut
me nourrir, ou je mourrai bien-
tôt de faim. Tu as raison, répondit le Roy des grenouilles ;
je te donnerai par jour deux
de mes sujets à croquer, ainsi
le serpent par sa soumission à son
ennemi, s'assura à ses dépens
une nourriture pour le reste de
sa vie.

Sire, dit Bidpaï, votre Majesté voit par ces exemples, que
la patience est une grande vertu
pour faire réussir un dessein.
Les gens d'esprit ont raison de
dire, que la prudence vaut
mieux que la force, on peut
par adresse se tirer d'un mauvais pas ; mais apprenez qu'il
ne faut point se fier à ses ennemis, quelque protestation d'a-

582 *Les Contes & Fables*, &c.
mitié qu'ils faſſent. Un ſerpent
ſera toûjours ſerpent. Ce n'eſt
qu'aux vrais amis qu'il faut donner ſa confiance, & il n'y a que
leur commerce qui puiſſe être
utile.

Fin du Tome ſecond.

TABLE

Des Chapitres, Contes & Fables con-
tenus dans cette ſeconde Partie.

TABLE.

TABLE.

Fin de la Table.